KB098738

정연진 에세이

차례

프롤로그 나 홀로 올림픽 006

1. 들다

피아노를 들다 012
일단 가보자, 다음은 마음이 판단해줄 거야 016
한 번에 들다 - 인상 022
두 번에 들다 - 용상 028
역도장 달인 양성 현장 036
묵직한 게 필요해 043
어느 대회의 기록 : COMPETITION DAY 050
묵묵함의 쓸모, '인용끌하' 065
아이템의 중요성 : 역도복을 찾아서 071
체급 전쟁 075
역도, The Classic 081
역도요? 팝콘 먹으면서 보는데요 086

2. 나의 반려 운동

스위스의 한국인 아이언맨 1 094
스위스의 한국인 아이언맨 2 099
거꾸로 시작하는 걸음마 108
벅찬 순간, 러너스 하이 113

언니가 턱걸이 한번 보여줄까? 119
열린 물속으로 124
지리산 종주 마라톤, 화대종주 130
허니문을 오르다 138
'100'의 마법 146
공포의 2000m 테스트 150
이단뛰기 할 줄 모르시는 분 있나요? 156

3. 근육형 할머니로 나이들기

손절의 달인 164
슈투트가르트의 우편배달원 169
나의 신발, 나의 빨간 자전거 180
통역사의 수행첩보작전 186
굳세어라, 내 종아리 190
두근두근 에페드린 194
해치지 않아요 200
시키지 않은 일은 다 즐겁다 205
근육형 할머니로 나이들기 210
네, 이런 운동 하면 허벅지 굵어지는 것 알고 있습니다 214

프롤로그

나 홀로 올림픽

아침 일찍부터 안방 문 너머로 엄마의 통화 소리가 들렸다.

"네, 선생님. 연진이는 오늘 운동회에 참석하지 않을 예정이에요."

그렇다. 결국 나는 또 운동회에 빠지게 되었다.

나처럼 피아니스트를 꿈꾸던 아이에게 '운동'이라는 단어는 '쓸모없는'이라는 의미와 동급이었다. 초등학생이던 나는 피아노 연습을 위해 운동회에 불참하고, 체육 시간에는 손가락을 다칠까봐 열외로 벤치를 지키던 아이였다. 체력장 오래 매달리기 종목에서는 0점 주기가 너무 안쓰러웠는지 '1초'를 인정받았고, 오래달리기는 친구들의 손을 잡고 겨우 완주했다. 그렇게 내 인생에서 희미하게 사라지고 있던 '운동'이라는 유물을 다시 발견한 건 거의 마흔이 다 되어서였다.

시간을 미래로 돌려 도쿄 올림픽이 열리는 2021년 여름, TV 중계가 끝날 때마다 지인들에게 메시지가 오기 시작한다.

(체조 종목 후) "연진아 너 저런 걸 어떻게 했니?"

(조정 종목 후) "네가 나간 로잉 마라톤 대회도 이렇게 힘들었어?"

(3종경기 종목 후) "중계 보고 생각나서 연락했어요."

(역도 종목 후) "연진씨 몇 kg 든다고 했죠?"

(클라이밍 종목 후) "언니! 나도 클라이밍 할래요!"

(마라톤 종목 후) "네가 했다고 상상하니까 중계 따라가면서 같이 달린 기분이야!"

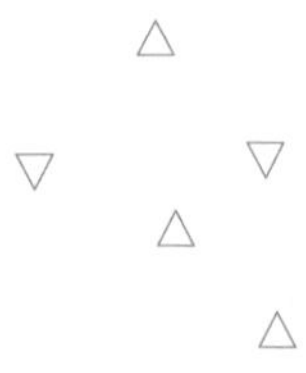

행복과 성취감을 주는 운동에 하나씩 도전하다보니 어느덧 '나 홀로 올림픽'을 열고 있던 것이다. 주변에서 나의 운동 종목에 대해 처음 들었을 때 반응은 다양했다. 멋지다며 응원하는 사람, 나이에 맞는 다른 운동 하라고 조언하는 사람부터 어떤 운동인지 몰라서 공감 못하는 사람도 있었다. 확실한 건, 그들이 '운동'이라는 단어를 보고 한 번이라도 멈칫하게 되었다는 것이다. 누군가 올림픽을 보며 나를 떠올린다는 건 얼마나 멋진 일인가?

이 책은 내가 근육과 굳은살과 상처 가득한 내 몸을 사랑하게 되기까지 지난 이십여 년 여정에 관한 이야기이다. 독자들이 내 이야기를 읽고 그들만의 소중한 '반려 운동'을 발견하게 된다면 그보다 큰 기쁨이 없을 것 같다.

끝으로, 태어나서 지금까지 늘 아낌없는 지원을 해주시는 부모님께 무한한 감사를 드린다. 그리고 이 책의 첫 글부터 마지막 글까지 모두 읽으며 응원해준 나의 사십 년 지기 친구 승선에게 고마움을 전한다.

1

들다

피아노를 들다

힘은 유전의 영향이 크다고 한다. 유전은 단순히 힘의 세기가 아니라 힘을 쓰고 싶은 본능의 영역도 포함한다. 엄마는 집 꾸미기에 관심이 많으셨다. 그래서 그런지 학교에 다녀오면 커튼도 바뀌어 있고, 가구 위치도 달라져 있는 일이 잦았다. "엄마, 대체 이걸 어떻게 옮겼어?" 물어보면 엄마는 그저 "장롱 다리 한쪽을 들고 담요를 아래에 깔고 쓱쓱" 하고 별일 아니라는 듯이 얘기하셨다. 아빠는 껄껄 웃으시며 "엄마가 힘이 장사야" 라고 하셨다.

그런 엄마였지만, 딸이 힘을 쓰면 나무라셨다.

"여자는 어디 가서 힘자랑하고 그러는 거 아냐."

그럴수록 장난기가 발동해 더 힘쓰는 시늉을 하면 엄마는 눈이 둥그레지면서 말씀하셨다. 여자가 힘겨루기하는 모습은 그다지 보기 좋은 풍경이 아니니까 말리고 싶으셨겠지. 사실 엄마들이 걱정할 필요도 없이, 여자아이들은 성장하면서 딱히 힘을 쓸 상황이 많지 않다. 그러다보니 성인이 되어 운동할 때조차 힘을 쓰는 동작들은 대부분 관심 밖이다.

엄마가 물려준 힘의 유전자가 발현된 건 중학생 때였다. 내 방에는 폭 150cm에 길이 155cm짜리 작은 가정용 그랜드 피아노가 있었다. 클래식 음악을 좋아하던 엄마의 전폭적인 지원 덕택이었다. 부모님이 집을 비운 사이, 방에서 연습하던 나는 문득 피아노 방향을 바꿔보고 싶어졌다.

그랜드 피아노 다리에는 바퀴가 달려 있기는 하지만, 평소에 움직이지 않도록 바퀴 아래 우묵한 접시 같은 받침이 괴어 있다. 피아노를 옮기기 위해서는 일단 한쪽 다리씩이라도 들어서 받침을 빼내야 한다. 나는 일단 건반 한쪽 모서리로 가서 두 손을 아래로 깍지 껴 까치발을 들어봤다. 꿈쩍도 안 했다.

하는 수 없이 다시 자리로 돌아와서 하던 연습을 이어갔다. 뚱땅뚱땅. 그러나 이내 곧 피아노 치던 손을 멈추고 오른쪽 피아노 다리를 노려봤다. 왜 안 움직였을까? 궁금해서 참을 수가 없었다. 피아노 아래로 들어가 바퀴를 살펴봤다. 등에 피아노 밑 부분이 닿았다. 이대로 피아노를 등에 받치고 일어서면 피아노가 움직일 것 같았다. 숨을 크게 들이마시고 힘을 줘봤다. 1초, 2초…… 역시 안 되는구나. 힘을 푸는 순간 갑자기 소리가 났다. '찍!'

빽빽했던 바퀴가 들어올려지면서 나는 소리였다.

믿을 수가 없어서 한동안 멍했다. 피아노가 움직였어! 피아노 아래에서 기어나와 방을 서성이며 괜스레 허리를 돌리고 팔을 털었다. 다시 해보자. 현관에 나가 구둣주걱을 들고 왔다. 피아노 아래 들어가 숨을 흐읍 마시고 온몸에 힘을 줬다. 아주 조금씩 바퀴가 들리는 것이 눈으로도 보인다. 좀더 올라왔을 때 구둣주걱 끝으로 재빨리 받침을 밀어내고 다시 피아노를 내려놓았다. 뒤로 주저앉아 가쁜 숨을 쉬면서 받침과 바퀴를 번갈아 바라봤다. 전에는 받침 위, 후에는 받침 옆. 내 힘을 알기 전과 후.

초능력자가 된 기분이었다. 피아노가 조금씩 고집을 내려놓고 내게 움직임을 허락해주었던 순간을 머릿속에서 재생하니 낯선 희열이 목덜미를 감쌌다. 내친김에 나머지 다리 밑에서도 같은 요령으로 받침을 빼냈다. 이제 바퀴를 미는 건 일도 아니다. 스르륵 피아노를 밀어서 방향을 바꿨다. 그러고는 아무 일도 없었다는 듯이 다시 연습을 시작했다.

저녁이 되어 부모님이 돌아오셨다.

"엄마! 아빠! 나 피아노 옮겼어!"

나는 폴짝폴짝 뛰어나가 모험담을 쏟아냈다.

"이걸 어떻게……."

부모님은 방문 앞에 서서 잠시 할말을 잃으셨다.

"너 저거 200kg 넘는 거 알아?"

"이거 아주 큰일날 애네."

나는 조금은 억울하고, 조금은 흥분이 가시지 않은 채로 잠자리에 들었다. '이거 아주 큰일날 애네.' 그런데 이 말은 곱씹으면 곱씹을수록 자꾸 흐뭇한 웃음이 띠어지는 말로 내 안에서 변질되고 있었다. 아무리 부모님이 꾸중하셨어도 상상력 가득한 중학생의 어느 짜릿한 모험을 없던 것으로 만들 수는 없었다.

그날 밤은 슈퍼히어로가 되어 집채만 한 트럭을 들어올리는 상상을 하면서 잠이 들었다. 힘센 어른이 된다는 건 왠지 신나는 일이 될 것 같았다.

일단 가보자,
다음은 마음이 판단해줄 거야

뭐든지 노력만 하면 된다고 생각하던 때가 있었다. 바라던 일이 계획한 대로 이루어지지 않았을 때는 나의 노력이 부족해서, 더 간절하게 매달리지 않아서라고 판단했다. 얼마큼의 정성이 부족했을까? 다음엔 몇 칸을 더 채워야 할까? 다시 마음을 다잡고 나를 던져보았지만 결과는 늘 그 자리였다.

피아노를 전공하던 시절의 이야기다. 당시 나는 작은 돌부리에만 발이 걸려도 가차없이 무너졌다. 모자란 능력이 야속했고,

다른 이들의 반짝반짝 빛나는 재능을 질투했으며, 부당하게 기회를 잡는 이들을 보며 분노했다. 당시 내 인생에서 가장 중요한 존재는 피아노 단 하나뿐이었다. 사랑이었는지 집착이었는지 그 경계가 확실치 않지만, 그저 내 진심을 오롯이 바치기만 하면 그 진심이 우회해서라도 다시 내게 반사될 줄 알았다.

성과에 대한 압박은 독일 음대로 유학을 떠난 다음 더욱 심해졌다. 재능을 더 쥐어짤 수도, 중단하고 한국으로 돌아올 수도 없었다. 학위를 따고 귀국했지만, 한국의 상황은 더욱 답이 나오지 않았다. '바닷가의 모래알'에 비유할 정도로 포화상태였던 클래식 음악 전공자들. 그 안에 내 자리가 있기는 한 건가? 수많은 밤을 갈등하고 나서 머릿속에 단 하나의 답이 뚜렷하게 떠올랐다.

"나와 피아노는 여기까지야."

허전함에 젖어 있을 여유가 없었다. 대학 시절 통역 아르바이트 때 들었던 "소질 있다"는 말을 기억해낸 나는, 일 년 정도 준비 후 통번역대학원에 진학했다. 졸업 후 동시통역사로 시작한 사회생활은 놀라운 발견의 연속이었다. 개인적 해석이나 취향에 따른 자의적 평가가 없는 곳. 나를 바라보는 수십, 수백 개의 눈 앞에서 공중에 뜬 음들을 기억해내지 않아도 되는 곳. 작은 예민한 상황 때문에 공든 탑이 와르르 무너지지 않는 곳.

그리고 무엇보다도 온전히 노력한 만큼, 일한 만큼에 비례해 정확하게 대가를 받는 곳. 사회는 이런 곳이구나. 피아노에 대한 기억은 빠르게 지워졌다. 고단하지만 평탄한 삶이 이어졌다. 회환과 애증으로 얼룩지지 않은 직업을 가진다는 것은 참으로 평화로운 것이었다.

그런 삶이 십여 년이 지속되던 어느 날, 역도를 만났다.

역도, 체조, 유산소 운동이 종합된 운동인 '크로스핏'에 한참 재미를 붙일 때였다. 많은 동작들이 있었지만 내게 가장 큰 문화충격을 준 건 역도 동작이었다. 어설프게 흉내내느라 이상한 자세였는데도, 어떻게든 잘 해보고 싶었다. 역도를 한 날은 집에 돌아가서도 역도 동작들이 머릿속을 빙빙 돌며 떠나가지 않았다. 예전에 올림픽 중계에서 볼 때는 그렇게나 낯설고 먼 세상 같았던 역도가 지금 내 곁에 바짝 다가와 있었다.

수소문 끝에 서울에 동호인을 지도하는 역도 체육관이 있다는 것을 알게 되었다. 연락처를 손에 들고 문의하기 전날까지도 망설였다. 마흔 중반의 여자가 역도를 배우겠다고 찾아가면 뭐라고 생각할까? 그 무시무시해 보이던 훈련들을 내가 감당할 수 있을까?

일단 가보자. 그다음은 마음이 판단해줄 거야.

사람의 머릿속에 가장 오래 남는 것은 후각과 청각의 기억이라고들 한다. 처음 역도장 문 앞에 섰을 때 안에서 스며나오던 카랑카랑 쇳소리, 문을 열고 들어섰을 때 후끈 파고들었던 쇠와 고무와 나무 냄새를 나는 지금도 잊지 못한다. 왠지 모르겠지만 앞으로 이 장소에 아주 오래 머무르게 될 거라는 예감이 들었다.

역도 수업을 등록하고 몇 달은 무협영화에 나오는 장작 패기 같은 수련이 계속되었다. 아무런 무게 원판도 끼우지 않은 빈 봉을 잡고 육 개월을 보냈다. '바닥에 놓인 바벨을 머리 위로 올린다'는 단순한 목적을 가진 행위였지만, 90분 남짓한 수업중에도 깨달음이 왔다가 떠나가기를 수없이 반복했다. 그러나 이상하게도 조바심은 나지 않았다. 이미 늦은 나이인데 더 늦어진다고 뭐 그리 큰일이 나겠나. 아니, 오히려 나는 그 지난한 과정들을 즐기고 있었다. 우리는 어릴 때 무협영화들을 허투루 시청한 게 아니었던 것이다. 동서고금을 막론하고, 경지에 오르기 전 어느 정도 바닥에서 굴러야 한다는 건 이미 학습이 되어 있었다.

일방적인 역도 예찬처럼 들릴지 모르겠지만, 역도는 알아갈수록 더욱 매력적인 종목이었다. 훈련하면서 손끝에서 느껴지는 바벨과의 교감이 무척이나 좋았다. 쇳덩이에 불과하지만 야생동물을 길들이듯 조금씩 서로의 언어를 터득해가는 그 과정이 좋았다. 바벨이 마침내 나의 의도를 읽어주고 기꺼이 움직여주었을 때는 가슴이 터질 것 같이 감동했다. 10초의 승부를 위해 수천 시간을 고스란히 바쳐 훈련하고 정진하는 과정도 모든 순간이 소중했다.

그제서야 나는 내 머리 속에 맴돌던 닮은 꼴이 뭐였는지 깨달았다. 결국 나는 십여 년을 돌고 돌아 피아노와 닮아 있는 대상을 만지고 있었던 거다. 되돌려주지 않는 사랑에 지쳤다고 생각했지만, 정성을 쏟아붓고 기술을 완성해나가는 과정은 아직도 나를 설레게 하고 있었다.

기술이 경지에 오르면 예술에 가까워지고, 예술이 경지에 오르려면 기술 없이는 완성될 수 없다. 이런 진실을 믿고 있는 나에게 역도가 다가온 건 운명처럼 느껴진다. 왜냐하면 역도를 하면서 피아노를 다시 바라보게 되었고, 오랫동안 닫아두었던 피아노 뚜껑을 다시 여는 계기가 되었기 때문이다. 나, 역도, 피아노의 삼각관계가 앞으로 어떻게 펼쳐질지 지켜보는 것만으로 내 인생은 고요할 틈이 없을 것 같다.

©강동호

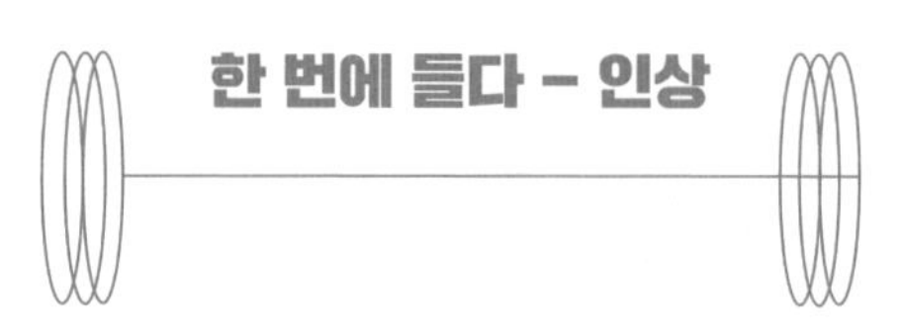

'때'가 언제인지 알 수만 있다면 얼마나 좋을까? 인류는 늘 이 비밀을 풀고 싶어했다. 고대에는 제물을 바쳐가며 신에게 침략 타이밍을 물었고, 현대에 와서는 주식 전문가를 모셔놓고 매수 타이밍에 대해 토론을 한다. 나에게도 역시 때를 아는 것은 늘 풀리지 않는 숙제였다. 때가 올 때까지 기다리지 못하는 조바심은 실패에 대한 두려움으로부터 오고, 실패에 대한 두려움은 욕심으로부터 온다.

휴대폰을 만지작거리는 불안한 손가락. 먼저 연락할까, 기다릴까? 서로 호감이 있다면 마음이 통하게 되어 있잖아. 그렇지 않아? A군은 B양을 좋아한다. 그것 마침 잘됐군. B양도 A군을 좋아한다. 이렇게 간단하게 접근하기엔 너무나 많은 현실의 변수와 조건들이 엉켜 있다. 여물지 않은 마음들이 서로 마주보기에는 아직 '때'가 무르익지 않은 경우였다.

나는 많은 A군들을 만나면서 때를 아는 데에도, 그리고 때를 기다리는 데에도 몹시 서툴렀다. 결단력이 필요할 때는 주변의 조언에 지나치게 의존했고, 객관적 판단이 필요할 때에는 독단적이었다. 엇박도 이런 엇박이 없었다. 누군가 넌지시 "그도 지금 기다리고 있어. 지금 다가가면 돼"라고 알려주었다면 얼마나 좋았을까? 인류의 숙원인 '때'.

역도를 배우기 시작하면서 처음으로 '인상引上'의 한자어를 알게 됐을 때 나는 크게 실망했었다. 단순히 '올라간다'는 일상적 표현이 아닌 더 웅장한 의미가 담겨 있을 줄 알았다. 이를테면 '힘의 길'이라는 뜻을 가진 '역도力道'처럼 말이다. 그런데 '물가 인상' 따위와 같은 표현을 공유하고 있었다니.

반면, 외국어 표현에서는 '스내치snatch, 영어', '라이쎈Reißen, 독어', '아라셰arraché, 불어' 등 '낚아채다'라는 뜻의 단어가 사용된다. 소리 내어 읽기만 해도 '번쩍!' 하고 속도가 느껴진다. 이러한 명칭이 말하듯, 인상의 생명은 속도다. 땅부터 머리 위까지 갈 길이 먼데, 어물쩍대다가는 바벨이 허리쯤에서 멈춰버린다. 그렇다고 마음이 급해 때를 못 기다려도 실패한다. 아뿔싸! '때'. 또 너냐? 나는 당혹했다. 이거 내가 제일 못하는 건데.

먼저 시작 자세로 바벨 가까이 쪼그려 앉는다. 바벨이 한 번에 올라가는 궤적이 나와야 하기 때문에 팔은 역 V 자로 넓게 벌린다. 그러면 상체가 엄청나게 기울어진 어정쩡하고 불편한 자세가 나온다. 이 상태로 바벨을 잡는다. 어떻게? 단단하지만, 단단하지 않게. 이쯤 되면 역도는 인간을 골탕 먹이려고 생겨난 종목이 아닐까 생각될 거다. 그대로 손에 매달린 바벨과 함께 일어난다. 이때 손과 팔에 걸리는 무게감이 엄청난데, 그 공포감을 이겨내야 한다. 괜찮아. 바벨은 무릎 높이까지는 누구에게나 무겁댔어.

'무릎을 지난 바벨은 우주 꼭대기까지 날아오를 것 같은 속도로 상승한다.'

억지스러운 표현 같은가? 그러나 이 단계까지 오는 데 역도 선수들이 소요하는 시간은 불과 평균 0.7초 정도다. 번쩍! 바벨이 상승하고 있는 시간 동안, 나는 어서 그 아래로 파고들어가

앉으며 바벨의 무게를 받아야 한다. 여기에 소요되는 시간은 0.3초.

흘러가는 시간을 마치 영화 특수효과처럼 0.001초로 정교하게 쪼개어 느껴야 한다. 마치 거의 육안으로 시간이 보이는 수준이다. 물론 파고들어가 받았다고 끝은 아니다. V 자로 벌려 받치고 있는 두 팔 위를 짓누르는 무게를 감당하면서 일어나야 하고, 심판이 하얀 깃발을 올려 '성공' 판정을 내릴 때까지 2초를 버텨야 한다.

동호인에게는 이 0.7초가 조금은 다른 이유에서 영겁의 시간처럼 다가온다. 정교하게 시간을 느끼기 때문이 아니라, 0.7초에 이르기 직전까지 천만번의 갈등을 하기 때문이다.

지금? — 아직 아니야.

그럼 지금은? — 아직도 아니야.

이제는? — 늦었어.

때가 언제 지나간 거지? 나는 못 봤는데? 왜 놓쳤을까?

딴청을 부리고 있었으니 놓쳤지.

나는 여태까지 내가 그저 '때'를 놓쳤다고 생각해왔다. 아니었다. 나는 '흐름'을 놓친 거였다. 흐름을 읽지 못했으니 때가 언제인지도 알 수 없었던 것이다. 바벨이 바닥을 떠나 올라오고 있는 그 시간 전체를 처음부터 끝까지 온몸으로 온전히 느끼고 있었다면, 나는 그 흐름 속 '때'의 위치를 정확하게 알았을 거다. 진심을 다하는 것, 그리고 처음부터 끝까지 온전히 그것과 함께하는 것.

다시 한번 집중하고 바벨을 잡는다. 나의 모든 집중력은 발바닥으로 모인다. 일어나면서 바벨이 바닥에서 뜨기 시작한다. 허리의 긴장은 계속 유지한다. 발로 바닥을 누르면서 반대로 다리가 펴진다. 무릎이 뒤로 밀리지 않게 버틴다. 발바닥을 계속 누른다. 더 세게 누른다. 끝까지 누른다. 뒤꿈치 뼈가 바닥에 닿을 정도로 눌렸을 때 머릿속에서 불이 '번쩍' 한다.

지금!

그래. 나는 기다릴 줄 아는 사람이었어. 언제 연락해야 하는지 몰랐던 A군도, 언제 팔아야 하는지 몰랐던 주식도, 어느 날 갑자기 뚜껑을 열고 들여다보면 때를 알 수 없었던 게 당연하다. 그저 계속, 지그시 눈을 떼지 않고 바라보았다면 내 눈은 흐름 속에서 때를 보았을 것이다. 굳이 확인하지 않았어도 그 마음을 읽었을 것이다.

그런데, A군은 아직도 혼자일까?

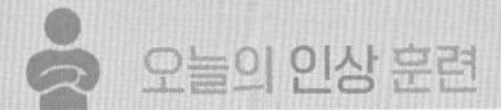

오늘의 인상 훈련

- 빈 봉 몸 풀기 : 프레스 10회 x 3세트
- 무릎 아래에서 시작, 60% 무게로 하이스내치 5회 x 5세트

  (*마지막 세트는 앉아서)
- 바닥에서 시작, 발붙이고 하이스내치 3회 x 3세트
- 바닥에서 시작, 발디딤으로 하이스내치 2회 + 앉은스내치

  1회 x= 3세트

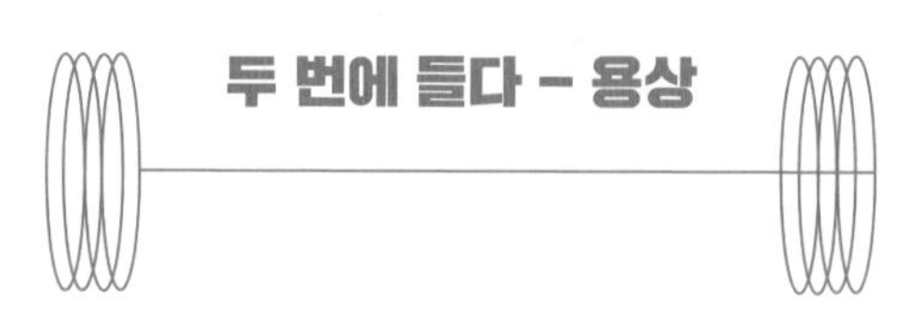

두 번에 들다 – 용상

역도에는 모든 걸 결정하는 단 한 글자가 존재한다.

쩍!

근엄하고 진지한 어휘들로 넘쳐나는 역도의 세계와 어울리지 않아 보이지만, 이 단어가 맞다. 영어의 'Jerk'가 고착된 외래어인데, 원 발음에 충실하게 '저얼크'라고 읽을 수도 있겠지만, 그러면 절대 맛이 안 난다. 선수가 역도대회에 출전해서 최후의 순위를 결정하는 순간, 코치가 "저얼크!"라고 외쳐서야 되겠는가? 이때 나올 소리는 감독의 입에서든, 역도 발판에서든 반드시 "쩍!"이어야 하는 것이다.

'쩍'은 두 번의 과정을 거쳐서 드는 종목인 '용상'에서 두번째 동작이다. 먼저 바닥에 놓인 바벨을 어깨너비로 잡는다. 데드리프트[■]로 일어나면서 일단 어깨에 받아 걸치는 것이 첫번째 동작인 '클린'이고, 이어서 어깨에 놓인 바벨을 머리 위로 뻗는 것이 '쩍'이다. 역도대회에서는 인상 세 번, 용상 세 번 총 여섯 번의 시기가 주어지고, 인상과 용상 종목 최고 기록을 합산해서 최종 순위가 결정된다.

용상 3차시기는 메달 색깔이 결정되는 마지막 단계이기 때문에, 심리적 부담이 엄청나다. 게다가 일반적으로 용상 무게는 인상 무게보다 최소 20% 증가한다. 왜냐고? 실제로 더 많이 들 만하니까. 과학적으로나 통계적으로나 경험적으로나, 용상은 구조상 인상보다 훨씬 더 많은 무게를 가능케 한다. 나는 그저 이 팩트를 믿고, 쏘기만 하면 된다.

그런데 과연 그걸 안다고, 그게 될까? 알고 있다고 진심으로 믿어질까? '팩트'를 알면서도 여전히 나는 쩍을 쏘기 전 어깨를 누르는 바벨 아래에서 한없이 졸아든다. 무게를 어깨에 얹고

[■] 바벨을 잡고 허리와 다리를 펴면서 일어나는 동작.

짝을 쏠 준비를 하는 동안 바벨이 숨통을 서서히 조여오기 때문에 빨리 결단을 내려야 하는데도 말이다.

며칠 전에 받아본 무게인데 왜 이렇게 낯설지? 무게를 너무 많이 추가했나? 아냐. 이건 못 들 것 같아. 숨을 못 쉴 것 같아. 빨리 탈출해! 결국 나는 바벨을 내려놓고 만다.

어깨 위의 바벨을 쏘기에 가장 좋은 위치는 목이 있는 몸통 윗면의 중앙이다. 역도 코치님의 표현에 의하면 '마치 바벨이 어깨뼈의 한 부분으로 자라난 것 같은' 느낌이 들어야 한다. 즉, 몸통 위의 목을 시걱서걱 썰어내고 그 자리에 대신 바벨을 얹을 수만 있다면 가장 이상적인 바벨 발사대가 만들어지는 것이다. 그런데 목숨을 유지하고 살아가려면 나는 아직 내 목이 필요하다! 결국 내 모가지를 온전하게 유지하면서 바벨을 몸통 중앙에 최대한 가깝게 가져가려면 숨통을 짓누를 수밖에 없다. 순위를 결정하는 최후의 한 방이라는 심리적 압박으로는 부족한지, 실제로 물리적 압박까지 더해지는 것이다.

같이 배우던 선배님이 '짝' 준비 자세를 잡다가 공황장애가 올 뻔했다며 고개를 젓는다.

"연진씨는 이런 느낌 모를 거야."

그 느낌, 알고말고요. 그것도 목구멍 속으로 불안이 스며드는 느낌이요.

나에게 공황장애는 언제, 어떻게, 무엇 때문에 유발됐는지 인지하지 못한 채 찾아왔다. 어느 늦은 저녁, 컴퓨터 작업을 하다가 갑자기 스위치가 켜지듯 그 증상이 시작되었을 때, 나는 어찌할 바를 몰랐다. 갑자기 뇌가 숨쉬는 법을 까먹은 듯한 느낌이었다. 어떤 논리와 이성으로 이해할 틈도 없이, 지금 당장 죽을 것 같다는 예감으로 목을 감싸쥐고 베란다로 뛰쳐나갔다. 창문을 열고 물 밖으로 나온 생선처럼 허겁지겁 찬 공기를 들이마시고 한참이 지나자, 안개 걷히듯 호흡이 정상으로 돌아왔다. 대체 방금 무슨 일이 일어났던 거지?

그후로 공황장애 증상은 맛집을 발굴한 단골처럼 수시로 찾아왔다. 주중에는 대학원 강사와 동시통역사로서 사회생활 하느라, 주말에는 최소 두 번의 맞선을 보느라 시간이 엄청난 RPM으로 흘러가고 있을 때였다.

바쁘게 지내면 마음의 병이 안 생긴다는 건 틀린 말이다. 밥 먹고, 똥 싸고, 주어진 일을 수행하고, 다음 일을 수행하고, 다시 밥 먹고……. 이렇게 매일이 반복되는 동안 내 안의 검은 구멍이 점점 커지고 있던 걸 알아채지 못했다. 인생에 내 의지대로 안 되는 일이 점점 많아지는 것, 내 미래가 타인의 그림대로 조종되고 있는 것, 이대로 내버려두면 영원히 행복이 뭔지 알 수 없게 될 것에 대한 불안감이 구멍을 계속 파내려가고 있었다.

나는 빈번하게 발생하는 공황장애를 겪으며 패턴을 찾아보려 애썼다. 그리고 나름 각 상황에 맞는 대처 방법을 만들어냈다. 지금까지 문제가 생기면 늘 그래왔듯, 차근차근 위협 요인과 취약점을 분석해서 전략을 짰다.

가까운 주변인에게 어렵게 털어놓았다가 의지가 약하다는 조롱만 들은 이후로는 더욱 내 힘으로 이 문제를 해결하고야 말겠다는 의지를 불태웠다. 그러나 응급 각성을 위해 가방 속에 챙겨 다니는 멘톨 사탕의 강도가 더이상 주체할 수 없이 매운맛에 도달했을 때, 그제야 나는 심리상담사를 찾아갔다.

쭈뼛쭈뼛 찾아간 심리상담실에서 나는 의외의 솔루션을 듣게 되었다.

"한 번쯤 가만히 기다려보세요. 진짜 죽을 것 같아도 절대 죽지 않아요."

역시 세상에 쉬운 일은 없구나. 죽을 것 같은 느낌이 무서운 사람이 공황상태까지 가려면 그야말로 죽을 각오를 해야 하는 건데. 결국 물이 무서운 사람에게 수영장 바닥을 발로 찍어보게 하듯, 공황장애도 그 끝이 어디인지 확인하는 과정이 필요했던 것이다.

공황장애는 포식자로부터 재빠르게 도망치기 위해 발달한 원시시대 생존 반응에 기인한다고 한다. 확실한 실체가 없는데도 일단 과도한 공포감을 조장하는 게 그 시대에는 생명 보존에 유익했던 거다. 쓸모 '0%'인 이 과도한 메커니즘을 21세기에는 쓰레기통에 처넣을 때가 됐다.

무서워 똑바로 쳐다보지 못했던 내 마음을 정면으로 바라보는 데에는 많은 시간이 필요했다. 엉킨 채로 더 엉켜버린 털실처럼 가장 바깥부터 조금씩 풀면서 들어가야 했다. 풀어놓은 실이 다시 엉켜도 차근차근 다독이며 나에게 몇 번이고 다시 들어갈 기회를 주었다.

모든 일이 그렇듯, 일단 딱 절반만 가면 쉬워진다. 지금까지 온 거리를 뒤돌아봤다. 다시 처음으로 되돌아가든 목표지점까지 가든 어차피 이동해야 할 거리가 똑같다면 나는 무엇을 선택할 것인가? 실타래의 핵심에 도달하자, 그곳에서 나는 '정말 죽을 것 같지만, 절대 죽을 리 없다'는 진리를 발견할 수 있었다. 물론 이미 알고 있었지만, 스스로도 그걸 믿을 수 있게 된 것이다. '아는 것'을 '믿는 것'으로 바꿔나가는 건 쉬운 과정이 아니었지만, 그 전과 후는 확실히 달라졌다. '죽을 것 같은 두려움'은 내가 어떤 사실을 그저 알고만 있는 건지, 혹은 믿고 있는 건지 구분할 아주 확실한 수단이었다.

이제 용상 3차시기에서 쩍을 쏘기 전 내가 믿어야 하는 팩트는 '바벨이 아무리 목을 짓눌러도 절대 죽지 않는다'는 것이다. 용기 내서 '솟을 용聳' 자, 용상으로 쩍! 우직한 소처럼 지금까지 흘린 땀을 믿는다면, 바벨이 내 머리 위로 우뚝 솟을 것도 믿을 수 있다. 내가 정말로 믿음을 가질 때 나는 소리를 들어봐!

"절대 죽지 않아! 쩍!"

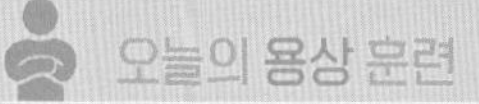

- 빈 봉 몸 풀기: 클린 3회 + 쩍 1회 x 3세트
- 50% 무게로 쩍 5회 x 3세트
- 무릎 아래에서 시작, 발붙이고 하이클린 3회 x 3세트
- 무릎 아래에서 시작, 발디딤 클린 3회 + 쩍 1회 x 3세트

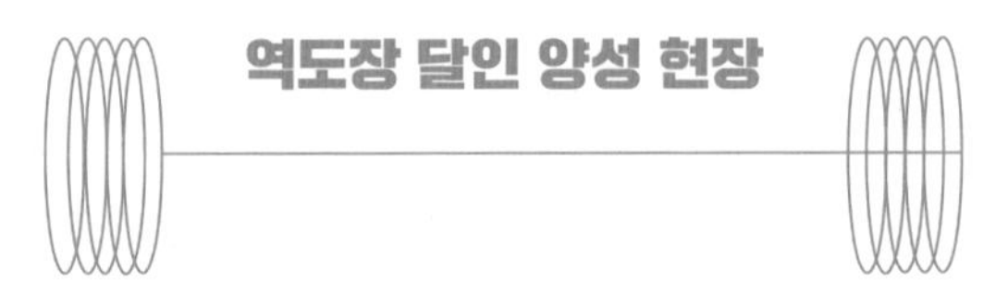

역도장 달인 양성 현장

역도는 근본적으로 함께하는 운동이다. 연습은 혼자 해도 훈련은 혼자 하지 않는다. '연습'은 혼자서 부족한 부분을 채워나가는 의미이고, '훈련'은 수업이나 자율운동 시간에 동일한 루틴을 함께 수행하는 의미다. 처음 역도에 입문한 동호인들은 합동훈련을 통해 낯선 역도 문화에 점점 익숙해지고, 서서히 물들어간다. 그러면서 역도 기술뿐 아니라 다양한 기술의 달인이 되어간다.

자, 역도장 달인 양성의 현장을 살펴보자.

추임새의 달인

혹시 올림픽 혹은 전국체전 중계에서 역도 경기를 시청해본 사람은 선수가 '파이팅'을 외치면 누군가 따라서 '파이팅'을 제창하는 장면을 봤을 것이다. 소위 '추임새' 응원이다.

추임새는 일방통행이 없다. 내가 받은 만큼의 응원을 동료들에게도 보답해줘야 한다. 대회 때는 경쟁 선수, 관람객, 코치 구분 없이 응원을 보내기도 한다. 추임새 제창은 합동훈련 때 더욱 무르익는다. 동일한 프로그램을 같이 진행하면서 내가 힘들 시점에 다 함께 힘들면서 공감대가 끈끈하게 형성되기 때문이다. 일부러 가르치지 않아도 전통 민요가 자연스럽게 구전되듯이, 응원과 추임새 타이밍은 훈련의 힘듦이 절정에 다다르면 적절한 시점에 저절로 나온다. 이런 분위기를 낯설어하던 사람도, 본인의 훈련이 힘들어질 때 응원 수혈을 한 번 받아보면 다음부터는 그 누구보다도 우렁찬 소리로 추임새를 넣게 된다.

도시에 살면서 이렇게 목청껏 소리지르고 기운 받아 갈 수 있는 곳이 어디 있겠나? 훈련하러 나올 때 부끄러움은 집에 두고 오자.

앉기의 달인

역도장에 와서 합동훈련 워밍업이 시작되면, 각자 어디선가 앉을 수 있는 걸 하나씩 끌어온다. 의자가 모자라기 때문에, 벤치, 블록박스, 무게 원판, 때로는 운동 가방도 동원된다.

60~90분짜리 훈련 프로그램을 진행하다보면 한 조에 적게는 세 명, 많게는 다섯 명이 돌아가면서 무게를 들게 된다. 그럼 자기 차례는 세트당 2~3분 정도 있다가 오는데, 그동안 무조건 앉아 있어야 한다. 혹시라도 신규 멤버가 와서 분위기 파악을 못하고 덩그러니 서 있으면, 앞다투어 어서 앉으라고 아주 난리다. 이유는 간단하다. 훈련을 위해 모든 힘을 아껴둬야 하기 때문이다.

혹시라도 습관이 덜 되어 무심코 벽에 기대서 있었던 사람도 마지막 세트를 한 번 겪고 나면 알아서 엉덩이가 앉을 곳을 찾아 헤매게 된다. 부작용은 체육관이 아닌 다른 곳, 다른 상황에서도 앉을 곳부터 찾게 된다는 점이다.

멍석 숨기기의 달인

역도인들은 태생적으로 과하게 주목받는 상황 즉, 멍석 까는 것을 부담스러워한다. 단 1도의 각도 변화에도 예민하게 반응하는 것이 역도 기술이기 때문에, 자신의 자세에 영향을 줄 수 있는 모든 변화를 싫어한다. 물론 동호인들 중에서도 멍석에 의연할 수 있는 사람이 존재하지만, 이런 강심장을 갖고 태어나는 사람은 흔치 않다. 공개적 상황인 대회에서야 어차피 자발적으로 깐 멍석이라서 스스로 극복해내야 하는 것이지만,

훈련중에도 멍석을 깔아야 하는 상황은 온다. 자신의 최고기록에 도전할 때다.

합동훈련 도중에 가끔 컨디션이 좋은 날 도전의 순간이 오는데, 이때는 멍석을 최대한 투명하게 만들어서 부담을 덜어주는 것이 역도인들의 예의다. 촬영도 몰래 숨어서 한다. 촬영하는 모습을 보여주는 순간 "나는 네가 지금 드는 무게에 성공하면 최고기록이 경신되는 것을 알고 있고, 그래서 이 소중한 순간을 영상으로 남겨놓으려 한다"는 의도가 노출되는 것이고, 도전자에게 이것이 큰 심리적 부담으로 다가올 것을 역도인들은 잘 알고 있기 때문이다. 고수 역도인들은 측정 직전에 스르륵 휴대폰을 꺼내 무음 기능으로 조용히 촬영을 시작한다. 가끔 초보 역도인이 자기도 모르게 거울에 자신의 촬영 모습을 노출시키거나, 촬영 위치를 잡다가 우당탕 넘어질 수도 있는데, 이걸 보고도 모른 척해주는 것이 진정한 고수 역도인이다.

계산의 달인

역도는 수학 공부도 시켜준다. 적어도 같은 조 안에서 최소한 한 명에게는 말이다. 역도 훈련은 끊임없는 덧셈 뺄셈의 연속이다.

여자 바벨을 기준으로 빈 봉의 무게는 15kg, 여기에 양쪽에 5kg 원판을 추가하면 25kg이 된다. 10kg 원판을 양쪽에 추가하면 45kg, 20kg 원판을 추가하면 85kg……. 아주 간단해 보인다. 그런데 훈련을 하다보면 무게를 단순히 계산하기 쉬운 단위에 맞춰 증량하는 것은 사치라는 걸 알게 된다. 그날의 프로그램 세트 수와 개인의 기량에 맞추다보면 때로는 양쪽에 1.5kg이 추가되기도 하고, 중간에 10kg을 빼고 4.5kg을 끼우기도 한다. 물론 4.5kg짜리 역도 원판은 없기에 3kg, 1kg, 0.5kg을 조합해서 만들어야 한다. 이쯤 되면 더이상 계산이 불가능한 상태에 이른다.

하지만 같은 바벨을 사용하는 같은 조에는 꼭 난세의 영웅처럼 계산을 잘하는 멤버가 한 명씩 포함되어 있다. 나머지 멤버들도 그것을 알기 때문에, 바벨 무게 계산이 어려워지면 똥마려운 강아지처럼 계산의 달인을 바라본다.

"아, 그거요? 2kg 빼고 아까 4kg 넣고 1.5kg 추가했으니까, 46kg이요."

계산의 달인에게 너무 의존하게 되는 상황에 대해서는 걱정할 필요가 없다. 그 멤버가 나오지 않은 날에는 안 되던 계산이 신기하게 되어 내가 대신 계산 역할을 수행하고 있으니까.

협상의 달인

역도 훈련을 하게 되면 인종, 성별, 나이를 불문하고 누구나 공통으로 겪는 현상이 있다. 세트 후반으로 갈수록 똑같은 훈련도 더 힘들어지는 현상이다. 이렇게 느끼는 건 지극히 정상이다. 훈련 세트 수 자체가 뒤로 갈수록 힘들어지도록 설계되었기 때문이다. 후반의 이 힘듦을 견뎌야 훈련이 되고 성장한다.

그걸 아는데도 너무 힘들면 꾀가 난다. 몸이 힘듦을 느끼기 시작하는 증거 중 하나는 왠지 내 차례가 더 빨리 돌아오는 것 같고, 바벨도 더 무거워지는 느낌이다. 이때부터 감성이 이성을 지배하기 시작하면서, 세트 수 혹은 회수를 하나 더 했다고 주장하기 시작한다. 상황을 모면하고 싶어 왜곡할 때도 있지만, 때로는 정말로 그렇게 믿어질 때도 있다. 그럴듯한 근거를 들어 장황하게 설명을 하기도 한다.

물론 코치님은 그 많은 부원들의 훈련을 동시에 진행하면서도 신기하게도 절대 세트 수를 혼동하지 않기 때문에 불순한 의도는 번번이 실패로 돌아간다. 때로는 마지막 세트에서 횟수를 줄이겠다고 고집을 피우며 협상 카드를 내밀기도 한다. 그러면 코치님은 협상을 받으면서 "대신 무게를 올려라"며 새로운 협상안을 제시한다. 언뜻 들으면 상당히 솔깃하기 때문에 "딜!"을 외치게 된다. 하지만 협상을 통한 꾀부림 역시 번번이 실패하고, 결국 나는 코치님이 의도한 강도의 훈련을 소화하고 만다.

추임새를 넣든, 계산과 협상을 하며 꾀를 부리든, 깔아놓은 멍석을 못 본 척하든, 어쨌든 목적은 한 가지다. 우리 모두가 함께 승자가 되는 것. 팀이 존재하기에 힘들고 긴 훈련 과정도 기꺼이 받아들이게 된다. 생각해보면, 역도만큼 "함께하면 멀리 갈 수 있다"는 격언이 와닿는 종목도 없을 것이다.

동시통역 상황 1

발표하던 연사 양복 품 안에서 갑자기 꼬깃꼬깃 구겨진 A4용지 한 장이 나온다.

"예정에는 없었지만 OOO 보고서의 통계를 소개하겠습니다. 2018년 상반기 491,320명에서 658,071명으로 33.9% 증가, 2019년 하반기부터는 552,921명으로 전년도 하반기 대비 14.6% 감소하여……"

옆에 앉은 파트너에게 눈짓으로 도와달라는 신호를 보낸다.

숫자가 빠르게 나열되면 시청각 자료 없이는 내용을 따라가기가 쉽지 않다. 지금부터는 시간 싸움이다. 파트너가 노트북으로 빠르게 자료를 열어 인용 대목을 찾는다. 열심히 마우스가 움직이는 동안 낭독은 이미 시작됐다. 파트너가 고개를 젓는다. 사전 자료에 없는 내용이다.

노트북 옆의 볼펜을 낚아채고 주마등처럼 지나가는 숫자들을 메모장에 정신없이 휘갈긴다. 종이 위 미친 뱀처럼 회오리치는 숫자들이 꼭 내 머릿속을 그려놓은 듯하다.

동시통역 상황 2

세미나 종료 시간을 2분 앞두고 토론자가 발언을 신청한다.

"시간이 부족하니 빠른 속도로 말하겠습니다. (부동산) 특조법 관련 비대위 결정은 구밀복검입니다……"

꾹꾹 눌러 압축된 표현들이 TV 보험 광고 약관 같은 속도로 쏟아져나온다. 이미 한국어에서 서양 언어로 옮기는 과정에서 1차로 문장이 길어지고, 축약된 표현을 풀어 말해서 2차로 길어지고, 문화적인 내용에 대한 부연 설명이 추가되면 3차로 길어진다. 말을 하고 있자니 입안이 말라가고 혀가 꼬이다가 마비될 것 같다. 내게 초능력이 있다면 잠시 '시간 멈춤' 버튼을 누르고 싶다.

동시통역 상황 3

내내 상태가 불안하던 연사 마이크에 노이즈가 발생한다.

"여기에서 가장 중요한 핵심은…… 지직 지지직…… 그러므로 이를 위해서는 지지지직……"

방음 처리된 2m 육면체 상자를 외부와 이어주는 유일한 소통 수단은 음향 케이블이다. 이 케이블이 문제가 생기면 마치 이 세상으로부터 나, 그리고 파트너 단 두 명만 고립된 듯한 느낌이다. 다른 음향은 멀쩡한데 통역 부스로 연결되는 케이블만 오류가 생길 땐 더욱 그러하다. 그나마 지직거리던 소리가 '치이—' 노이즈로 변해버린다. 장비를 관리하는 음향기사는 어디 갔는지 보이지 않는다. 들어오는 언어가 없으면 내보낼 수 있는 언어도 없다. 연사의 입은 계속 움직이고 있고, 옆의 외국인 참가자들은 통역 헤드셋을 벗으며 두리번거린다. 지금 이 사고가 천재지변이라는 걸 아는 건 통역 부스 안의 통역사 두 명뿐이다.

세 가지 모두 국제회의 동시통역 부스에서 일어난 실제 상황이다. 국제회의 통역, 통칭 '동시통역'은 빠른 소통을 위해 외국어를 듣는 동시에 실시간으로 통역하는 기술이다. 귀에 들어가는 입력 언어와 입으로 나오는 출력 언어의 음향이 섞이지 않도록 방음 장치가 된 작은 부스 안에서 헤드폰을 쓰고 마이크로 통역한다.

동시통역은 고도의 기술과 재능을 요구하기 때문에 '통역의 꽃'이라고도 불린다.

과연 꽃일까? '번역은 반역'이라는 담론이 성립한다면, 동시통역은 대역죄에 가깝다. 번역은 재전송하면 되고, 연사 발언 후 곧이어 통역하는 '순차통역'은 양해를 구하고 정정하면 되지만, 동시통역은 실수하거나 오류가 나면 곧장 방송사고가 되어버린다. 사전자료를 받아 준비하고, 2인 1조로 투입되어 오류에 대비하지만, 언제 터질지 모르는 돌발 상황 때문에 늘 긴장 상태다. "동시통역 사례비는 수명 단축 보상비"라는 말에 정말 매번 공감한다.

하지만 내가 선택한 직업이니 어쩌겠는가? 오늘도 머리와 목이 녹초가 된 채 부스를 나선다. 이렇게 고도로 집중한 후에는 마치 큰 돌을 던진 호수의 표면처럼, 머릿속의 일렁임이 한참 동안 잦아들지 않는다. 이런 날에 대중교통을 이용한다면 귀마개를 사용하거나 가사 없는 음악을 들어야 한다. 그러지 않으면 내 머리가 귀에 들어오는 모든 문장을 멋대로 자동으로 통역해버리니까. 집중력이 첨예화된 상태라서, 직장 뒷담화에서부터 약속 장소 확인까지 별 쓸데없는 내용들이 또렷하게 다 주입되기 때문에 더욱 고역이다. 머릿속을 헤엄쳐 다니던 글자들이 바닥에 가라앉으려면 뭔가 묵직한 게 필요하다.

말이 필요 없는 행위 중 세상에서 가장 묵직한 것은?

답은 바로 역도!

행사장을 나올 때부터 이미 나의 발길은 역도장으로 향하고 있었다.

역도장에 도착해 옷을 갈아입고 먼저 몸을 푼다. 긴장한 자세로 좁은 부스 안에 종일 앉아 있으면 온몸이 경직된다. 이런 날은 몸을 충분히 풀지 않으면 부상 위험이 있다. 스쿼트 점프와 고관절 스트레칭을 조합해서 몸을 덥히고 이완하기를 반복한다. 빈 봉을 잡고 숄더 프레스로 어깨를 조금씩 깨운다. 이미 봉을 잡은 순간부터 오늘 받은 스트레스는 반쯤 사라졌다.

신이 나서 빨리 묵직한 무게를 던져보고 싶지만 꾹 참아야 한다. 체육관 종료 시간까지 한 시간 정도 남았다. 매우 고전적으로 인상 30분, 용상 30분 반반씩 분배하기로 한다.

빈 봉으로 인상 자세를 몇 번 점검해보고 최고기록 30% 무게로 무릎 위 스타트로 앉아 받기 5번 5세트를 진행하기로 한다.

쉬운 말로 통역하자면 이렇다.

"뇌에 부하가 많이 걸린 날이니까 집중력 스태미나가 많이 떨어졌을 거야. 그래서 평소와 비슷한 무게에 난도만 낮춰서 무릎 높이에서 시작할 거야. 피곤해서 스피드도 떨어졌을 테니 받는 위치는 관대하게 앉아서 받는 것으로 조정하자."

내가 뭐라고 했던가. 어떤 언어든 통역하면 길어진다.

드디어 용상으로 넘어간다. 인상이 기술을 갖고 노는 재미라면, 용상은 힘을 갖고 노는 재미다. 힘으로 노는 데에는 무게 계산도 필요 없고, 기준도 필요 없다. 그저 성공을 만끽하는 시나리오이기만 하면 된다.

빈 봉으로 간단하게 자세만 몇 번 확인한 후, 점점 무게를 올려나간다. 단, 아무리 무게가 올라가도 실패할 정도까지 올려서는 안 된다. 오늘만큼은 '성공을 위한 성공'이 필요한 날이기 때문이다. 그렇다고 너무 가벼우면 드라마틱한 효과가 떨어지니 '적당한 묵직함'이 필요하다.

클린으로 어깨에 올린 바벨을 깨끗하게 쭉 뻗는다.

쩍! 성공!

세리머니하듯 바벨을 바닥으로 꽂으며 울려퍼지는 카랑카랑한 쇳소리를 감상하면 살풀이 의식이 마무리된다.

오늘 실수했던 일을 자책하며 바벨 한 번 패대기.

지지직거렸던 원망스러운 통역 장비를 생각하며 두 번 패대기.

그리고 오늘 통역과 하등 관계는 없지만 예전에 괘씸했던 인간을 생각하며 한번 더 패대기.

공원 계단을 달려올라 펄쩍 뛰는 록키처럼 승리의 주먹을 휘둘러본다. 오늘만큼은 내가 송파동 장미란이다!

어느 대회의 기록
: COMPETITION DAY

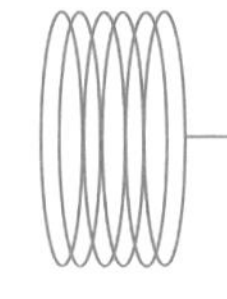
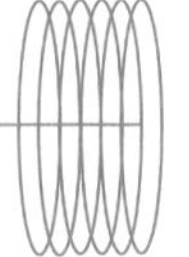

06:26 신기하게도 이런 날은 알람보다 살짝 먼저 선수를 치면서 일어난다. 그러고는 시계를 보면서 쓸데없이 미리 일어나버린 시간을 아까워한다. 4분을 손해보고 싶지 않아서 떴던 실눈을 다시 감고 돌아눕는다. 6시 30분이 되면 예정대로 알람이 울릴 것이고, 나는 차질 없이 진행되는 시나리오처럼 일어날 것이다.

06:40 화장실에 다녀와서 조마조마한 마음으로 체중계에 올라간다. 64.2kg. 아, 이런…… 내심 63.6kg 정도를 기대했는데. 오전 일찍 사우나에서 땀을 뺄까. 코치님에게 문자를 보냈더니 아직 시간이 있으니 그럴 필요까지는 없다고 조언하신다. 이제부터는 내 생체적 수분 배출 능력을 믿는 수밖에.

07:20 아직 7시 30분도 안 됐네. 시간 참 안 간다. 나의 주의를 분산시키면서도 수고스럽지는 않은 일은 뭐가 있을까 고민해본다. 유튜브를 열었더니, 어젯밤에 역도 실패 영상을 한 번 클릭해서 그런지 실패하거나 사고로 바벨 아래 깔리는 영상만 계속 추천으로 뜬다. 눈을 질끈 감고 창을 닫았다. 좋은 생각, 좋은 생각!

08:10 다행히 별다른 일을 찾지 않고도 오전 8시가 넘어주었다. 너무 기운 없을까봐 사탕 몇 개 먹었다가 목이 메어서 하마터면 나도 모르게 물컵으로 손이 갈 뻔했다. 샤워를 하고 나왔는데도 15분밖에 안 지났다.

08:50 느릿느릿, 꼼꼼하게 준비물 목록을 점검한다. 역도

화, 웨이트 벨트, 손목 붕대, 엄지용 테이프, 물통, 수건, 정강이 보호대, 웜업용 상의, 그리고 사탕, 초콜릿, 양갱, 이온음료 등. 마지막 이온음료를 챙길 때는 애써 쳐다보지 않으려고 하면서 가방 가장 깊숙이 넣어버렸다. 허기보다 훨씬 더 참기 힘든 건 갈증이다. 같은 역도장 동료 선수들의 단체 채팅방에서는 새 메시지가 쉴새없이 올라온다. 오전 경기가 있는 남자 선수들은 이미 지금 현장에 도착해서 계체실에 들어갔다고 한다. 서로 체급 맞추기 성공 여부와 컨디션을 체크하고, 응원하느라 정신이 없다. 대회도 대회지만 지금만큼은 계체 끝나고 뭘 먹을지가 가장 큰 관심사다.

10:00 대회장에 가기 위해 지하철 역사에 들어선다. 집에서 나오기 전 체중을 안 재본 게 마음에 걸린다. 하기야 계체 두 시간 남기고 체중 확인해서 무엇하리. 콩팥아, 지금부터는 너만 믿는다. 주말 아침이라 열차 안이 한산해서 다행히 앉아서 갈 수 있었다. 역도하는 사람들 특징 하나가 '앉을 곳'에 집착한다는 점이다. 내가 가지고 있는 모든 힘, 에너지는 모두 세 번의 인상과 세 번의 용상에 쏟아야 한다. 그 외에는

서 있는 것도 사치다. 평소 훈련 때도 경력자들은 역도장에 도착하자마자 의자부터 확보한다. 내 다리는 소중하고, 내 다리는 온전히 역도의 것이니까.

10:50 역도대회 장소가 어디인지 헤맬 염려는 절대 없다. 한눈에 봐도 역도를 취미로 하는 체격의 사람들이 비슷한 취향의 옷을 입은 일행들과 함께 향하는 곳을 따라가면 된다. 대회장 주변에 오면 더 명확해진다. 날씨와 맞지 않게 잠시 갈아 신은 슬리퍼, 상체 부분이 돌돌 말려 멜빵처럼 허리까지 내려온 5부 타이츠, 벌써 바벨을 몇 번 잡았는지 몸 여기저기 얼룩진 초크 자국들. 장내에서는 마침 남자 81kg급 경기가 시작되고 있다. 웜업장에 가서 코치님과 팀 매니저님에게 인사하고, 11시 경기에 출전할 동료 선수들에게 응원 메시지를 전한 후 관중석으로 돌아와 자리잡고 경기를 관람한다. 항상 들던 무게도 놓치는 사람, 처음 도전한 무게에 성공하는 사람, 지나치게 긴장하는 사람, 아쉽게 떨구고는 웃으며 퇴장하는 사람…… 동호인 역도대회는 참 다양한 역사力士들이 모인 곳이다.

11:50 12시 계체를 안내하는 방송이 나온다. 1분이라도 빨리 계체를 통과하고 싶어서 뛰어가 줄을 섰다. 모두들 같은 마음인지 내 앞으로 벌써 열 명 정도가 이미 서 있다. 나이도 제각각, 직업도 제각각, 사는 지역도 제각각이지만 같은 체급의 역도 동호인들이 모이니 모두 비슷한 키에 비슷한 체격의 자매들 같다. "이 티셔츠 벗고 재면 안 되나요?" "200g 인정해드릴 테니 입고 재세요." 계체 담당자와 선수들 간 아양과 나협이 난무한 가운데 어느덧 내 차례가 됐다. 63.7kg! 계체 통과! 어서 이온음료를 꺼내들고 축배를 들자!

12:10 여자 -64kg급 경기가 열리는 오후 2시까지 약 두 시간 정도 시간이 있다. 그동안 제대로 된 한끼 식사를 해야 경기 때 힘을 낼 수 있다.

12:45 식사를 마무리하고 슬슬 경기복으로 갈아입으러 간다. 물론 이렇게 미리 갈아입을 필요 없다는 것을 알고 있지만, 불안한 마음을 다스리기 위한 일종의 의식이다. 불안하지만 불안하지 않은 척하기 위한 의식들. 나는 왜 긴 세월을 빙빙 돌아 삼십 년 전 피아

노 콩쿠르 때와 같은 장면을 다시 연출하고 있는 것일까.

13:05 웜업장에서 빈 봉을 잡았다가 코치님과 눈이 마주쳤다. "아직 안 됩니다. 기다리세요!" "네." 역도는 과학이다. 감성이 아닌 과학의 계획표를 따라야 한다. 다시 빈 봉을 내려놓는다.

13:40 화장실을 벌써 세번째 다녀왔다. 역도 경기복은 하의인 타이츠와 상의가 하나로 이어져 있는 소위 '싱글렛'이라서 화장실에 다녀오는 일이 상당히 번거롭다. 일단 웜업이 시작되면 경기 때까지 화장실에 가지 못할 거라는 생각에 마음이 매번 "이번이 마지막"이라는 생각으로 화장실로 향하게 된다.

13:50 사회자가 여자 -64kg급 선수들을 무대 위로 불러 일렬로 정렬시키고, 한 명씩 호명한다. 전광판에는 벌써 첫 순서로 들어갈 선수의 이름과 1차시기 무게가 떠 있다. 경기는 가벼운 무게에서 무거운 순으로 진행되며, 증량된 바벨의 무게는 다시 내려가지 않는다. 예를 들어, 51kg을 들다가 실패했다고 1kg을 뺀

50kg으로 다시 도전할 수 없다는 뜻이다. 일단 무게가 증량됐으면 "무조건 고!" 하는 것이 역도대회다.

14:00 이제야 빈 봉을 잡고 인상 경기를 위한 워밍업을 시작한다. 앞 순서에 가벼운 무게에 도전하는 선수들이 많으면 상당히 오래 기다려야 한다. 즉, 앞 순서 선수들이 1, 2, 3차 무게에 들어갈 때까지도 나는 아직 1차시기가 시작되지 않는 것이다.

14:20 조금씩 무게를 추가하면서 거의 인상 1차시기 무게까지 올라간다. 웜업장은 대부분 대회 무대 바로 옆 혹은 뒤에 위치하기 때문에 경기가 진행되는 소리가 아주 가까이서 들린다. 선수가 기록을 내지 못했을 때 사회자가 무심하고 경쾌하게 읊는 "실패" 소리는 특히 귀에 아주 쏙 꽂힌다. 긴장되지만 긴장 안 된 척, 지금 내가 조금씩 쌓아올리는 무게에만 집중하려 애쓴다.

14:27 내 1차시기가 갑자기 앞당겨졌다. 앞 순서의 선수가 무게를 변경해서다. 역도 경기에서는 본인 순서에 들어가기 전, 수시로 희망 무게를 변경할 수 있다. 계획

했던 무게에 자신이 없어 낮추기도 하고, 컨디션이 좋아 높여서 도전하기도 하지만, 경쟁 선수에게 영향을 끼치기 위한 전략으로써 무게를 변경하기도 한다.

14:29 다음이 내 차례다. 코치님과 함께 무대 옆으로 이동해 의자에 앉아 대기한다. "정연진 선수가 1차시기에 도전할 무게는 50kg……" 사회자 멘트를 들으며 상의 후드점퍼를 벗어놓는다. 마지막으로 코치님에게 주의사항을 듣고, 크게 숨을 내쉬고, 무대 입구에 놓인 탄마탄산마그네슘 통에 손을 담가 탄마 가루를 골고루 묻히고, 무대 중앙으로 나가서 먼저 허리 굽혀 인사를 한다. 무대에서 바라보면 앞에 무게가 맞춰진 바벨이 놓여 있고, 관중석과 무대 사이에는 나란히 놓인 세 개의 책상, 심판 세 명이 앉아 있다. 이들 중 두 명 이상이 '성공' 판정을 내려야 비로소 기록이 인정된다. 나의 운명을 결정지을 사람들을 바로 코앞에 마주보며 측정에 들어가야 하는 게 상당히 부담스럽다.

14:30 조금 미적거렸더니 초시계가 28초밖에 안 남았다. 선수 이름이 호명될 때부터 타이머가 시작되며,

60초가 지나가기 전에 바벨을 잡아야 한다. 바벨 앞에 서서 밑을 내려다보며 잡을 위치를 가늠한다. 한 번 잡으면 수정할 수 없기 때문에 신중해야 한다. 바벨을 잡고 준비 자세에 들어간다. 집중하고 일어나 위로 뻗으면서 스내치! 심판 세 명이 들어올린 하얀 깃발을 보고 바벨을 내려놓는다. "정연진 선수, 판정 결과 성공!"

14:31 안도의 숨을 내쉬면서 웜업장으로 돌아온다. 일단 첫 단추는 무사히 끼웠다! 50kg 전후로 1kg 단위로 접전이 붙어서 2차시기까지는 또 한참을 기다려야 한다. 코치님의 지시에 맞춰 다시 무게를 정리하면서 몸을 푼다.

14:42 적당한 격차를 두고 2차시기 순서가 돌아왔다. 계획대로 나름 순조롭게 진행되고 있지만, 2차시기부터는 꽤 부담이 되는 무게를 들어야 한다. 아까 나갔다가 들어왔더니 긴장은 덜 된다. "기구의 무게를 55kg으로 맞춰주십시오. 다음 참가할 선수는 정연진……" 손에 탄마 가루를 바르고, 무대에 나가 인사를 한 후, 바벨 앞에 선다.

14:43 그냥 눈으로 내려다보기만 했는데도 벌써 무겁다. 이미 겁을 먹을 대로 먹었다. 바벨을 잡고 끌기 시작하는데, 아니나다를까 예상보다 훨씬 더 무겁게 느껴진다. 아슬아슬하게 느껴졌지만 받는 데 성공, 그리고 일어나는 것까지 성공.

14:44 자신감이 콩알만 해져서 무대에서 내려왔다. "코치님, 저 3차 무게 낮추면 안 될까요?" 2차보다 2kg만 올리는 것으로 합의했다. 이 정도면 거의 같은 무게다. 아까 들었던 느낌 그대로 다시 들면 돼!

14:46 "빨리 준비해요! 순서 앞당겨졌어요!" 3차시기쯤 오면 이런 일이 종종 발생한다. 누군가 무게를 조금 올려서 변경하고, 그 결과로 더 낮은 무게인 내 순서가 앞당겨져 먼저 들어가게 되는 것이다. 순서가 바뀌면 준비 시간이 꼬여서 최적의 퍼포먼스를 낼 수 없게 된다. 그래서 프로 레벨에서는 경쟁 상대의 순서를 뒤바꾸기 위해 기습적으로 무게 변경을 시도하기도 한다. 솔직히 나 같은 아마추어 수준에서는 큰 차이를 못 느끼겠지만.

14:47 대망의 3차시기이다. “같은 무게야!” 코치님 지시를 들으며 바벨을 잡고 일어나는데, 이건 2kg 증가된 체감이 아니다. 다 일어서기도 전에 이미 마음이 도망갔다. 아까부터 반복되던 사회자 멘트가 이번에는 나를 향해 울려퍼진다. “판정 결과 실패.”

14:48 풀이 죽은 채로 웜업장으로 돌아온다. 벌써 진이 다 빠진 기분이지만 쉴 틈 없이 다음 용상 경기를 준비해야 한다. 여자 경기는 참가자 수가 많지 않아서 인상 경기와 용상 경기 사이에 시간 격차가 길지 않다. 아까의 인상 경기는 빨리 잊고 처음부터 다시 시작하듯 용상 웜업에 들어가야 한다. 인상 경기가 성공적이었든, 실패였든 말이다. 동료 선수가 와서 인상 경기 최종 순위를 알려준다. 최종 결과를 섣불리 판단하지 않을 자신이 없는 나는 듣고도 모른 척 한다.

15:17 용상 경기 때도 마찬가지로 다른 선수들 제출한 1차시기 무게를 참고하여 나의 순서를 대략 가늠하고, 이에 맞춰 웜업을 시작한다. 긴장이 좀 풀렸는지, 주변에서 웜업중인 다른 선수들이 눈에 들어오기 시

작한다. 다들 너무들 잘하고, 긴장도 전혀 안 한 것 같다. 이놈의 염려증. 어릴 적부터 피아노 콩쿠르, 실기시험, 발표회, 음악회 등을 통해 웬만큼 담력은 키워졌다고 생각했는데, 막상 상황이 닥치면 다시 '0'으로 돌아가는 모양이다.

15:40 "1차시기에 도전할 정연진 선수……" 코치님 지시에 따라 차근차근 무게를 올리다보니 어느덧 용상 1차시기 할 순서가 왔다. 아까 인상에서 너무 긴장해서 용상 첫 무게는 안전한 무게로 선택했다. 깔끔하게 70kg을 성공시키고 무대에서 내려온다.

15:56 1차시기를 낮은 무게로 시작했더니 2차시기까지 시간 차가 너무 많이 벌어진다. 사실 이런 것을 다 고려해서 코치님이 내게 더 높은 1차 무게를 지시했는데도 내가 고집을 부려 낮은 무게를 선택했던 거다. 기술과 지식이 부족하면 코치님 말이라도 잘 들었어야 하는데. 후회는 늦은 것. 2차 무게를 75kg으로 신청하고 무대로 나가 손에 탄마 가루를 묻힌다. 2차시기까지 무난하게 성공.

16:02 종합순위 전광판이 깜박거리며 순차적으로 바뀐다. 누군가 내게 와서 나의 다음 용상 3차시기에 성공하면 순위권이라고 귀띔한다. 코치님이 확실한 무게를 설정해줬다. "3차시기는 79kg으로 갑시다!" 79kg은 내가 바로 2주 전 훨씬 더 안 좋은 컨디션으로 성공했던 무게다. 느낌이 좋다. 좋은 일이 일어날 때 부는 그 바람결이 콧잔등에 느껴진다.

16:08 사회자 호명을 들으면서 무대에 오른다. 선변에 마주 보이는 주심과 관객석을 향해 인사한다. 관객석에 앉은 동료들이 응원의 함성을 지른다. "정연진 파이티잉!" 나도 함께 화답하고 나서 바벨을 잡는다. 그리고 클린으로 어깨에 올려 일어난다. 끄응차. 머리가 핑 돌면서 가슴이 철렁해진다. 승리에 한껏 고취된 분위기에 찬물이 쏟아부어졌다. 어깨에 79kg을 얹은 채로 머리가 다시 맑아지기를 잠시 기다린다. 1초, 80kg, 2초, 85kg, 3초, 100kg……. 적어도 내가 느낀 무게는 그랬다. 바벨이 점점 무거워지는 느낌. 내 몸이 점점 땅으로 꺼지는 느낌. 정연진, 뭐하는 거야 빨리 쏴! 요렇게요? 찔끔 들이다가 말더니 발판으로 우당탕 굴러떨어지는 바벨. "판정 결과 실패."

16:15 다 끝났다. 나는 용상 3차시기 결과를 통해 내 아래 있던 4위 선수를 3위로 올려보내고 내가 4위 자리로 내려갔다. 메달권에서 벗어난 것이다. 승부란 그런 것이다.

경기가 끝나고 난 뒤

짐을 주섬주섬 챙긴다. 장내 정리 후 이어지는 시상식에서 동료들을 축하해주고, 함께 기념 촬영도 한다. 축하와 격려와 작별 인사 후 같은 방향끼리 삼삼오오 차에 나눠 타고 집으로 출발한다. 집에 도착해서는 순서대로 무미건조하게 샤워하고, 세탁기를 돌리고, 간단하게 식사하고, 설거지하고, 동영상 몇 개를 보다가 침대에 눕는다. 속상해서 잠을 설칠 것 같다. 생각하지 말자, 생각하지 말자. 그러고는 오늘 아무 일도 없었던 것처럼 다음날 아침까지 깊은 잠을 잔다.

-64kg급 여자 경기

50kg (O) 55kg (O) 57kg (X)

70kg (O) 75kg (O) 79kg (X)

TOTAL 130kg 종합4위

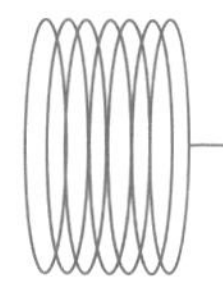

묵묵함의 쓸모, '인용끌하'

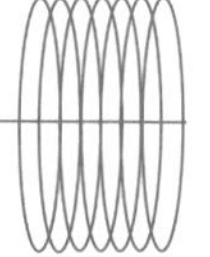

어른이 돼서 피아노를 배우기 시작한 사람들은 어느 시점이 되면 내게 비슷한 질문을 한다.

"어떻게 하면 실력이 느나요?"

지극히 당연하고 기본적인 질문인 것 같지만, 사실 이들은 앞으로의 운명을 결정할 시점에 서 있다. 이것은 마치 영화 〈매트릭스〉에 나오는 빨간약, 파란약만큼이나 중요한 선택이다. 나는 이 사람들에게 지루하고 반복적인 연습을 적립해야 다음 단계로 갈 수 있으며, 세상에 비법이라고 알려진 방법이라야 겨우 1% 정도의 효율 상승효과밖에 없다는 것을 말해준다.

이 답변을 듣고도 살아남아서 다음 단계로 진출하는 사람은 지금껏 많지 않았다. 물론 난도가 낮은 곡을 계속해서 선곡하는 것도 소중한 선택이다. 하지만 피아노 취미생활의 동기가 되었던 그 명곡에는 영원히 가까이 가지 못할 것이다. 그 곡은 피라미드 꼭대기에 있기 때문이다.

어떤 과정을 묘사하는 그래픽에 자주 등장하는 피라미드의 끝이 뾰족한 이유는 밑의 면적이 넓기 때문이다. 멀리서 꼭대기를 바라볼 때는 바닥 변의 면적이 눈에 잘 안 들어온다. 가까이 다가가고 나서야 내가 깔고 지나가야 할 1층의 면적이 얼마나 넓은지 알게 된다. 다시 말하지만, 여기에서 뒷걸음치는 것도 존중받아야 할 선택이다. 하지만 피라미드 건설 현장에 남기로 결정했다면, 지금부터는 닥치고 '묵묵함'과 친해질 시간이다.

'묵묵함'이 필요한 점에 있어서는 역도와 피아노가 크게 다르지 않다. 파아노를 시작하는 사람들이 피아니스트 조성진의 멋진 연주를 보고 감동받아 피아노를 시작하듯이, 역도를 시작하는 사람들도 아마 올림픽이나 전국체전 같은 영상을 보고 시작하게 됐을 것이다. "몇 시간씩 앉아서 아농Hanon 연습하는 소리에 이끌렸어요"라든가 "고장난 로봇처럼 바벨 끌기 100번 반복하는 것 보고 재미있겠다 생각했어요"라는 사람은 보지 못했다. 아니, 그런 지루한 모습은 미디어에 아예 노출이 안 되기 때문에 볼 기회 자체가 없었다고 해야 할 것이다. 하지만 역도를 아는 사람이라면 역도선수들이 하루 대부분의 시간을 소위 '인용끌하' 훈련에 할애한다는 사실을 잘 알고 있다.

'인용끌하'란 '인상' '용상' '끌기데드리프트' '하체스쿼트' 앞 글자를 따서 만든 용어로, 역도 훈련에서 중요한 네 개의 근력 훈련 종류를 말한다. '인용끌하' 훈련은 힘들다. 재미있지 않다. 동호인 입장에서는 재미있으려고 시작한 취미활동에서 이런 훈련을 접하면 마치 형벌처럼 느껴진다. "어차피 업으로 하는 것도 아닌데"라는 생각도 든다. 하지만, 소박한 목표로 시작한 동호인들도 언젠가는 반드시 벽에 부딪힌다. 운동을 기피하는 사람들의 공통된 이유 중 하나가 "힘들어서 싫다"는 것인데, 여기에는 운동이 힘들어지면 그만두겠다는 조건이 담겨 있다.

'묵묵함'이란 재미없어지든, 힘들어지든 일단 받아들이고 피라미드 위층에 가보겠다는 자세다. 조건부를 따지는 사람은 '인용끌하' 훈련을 할 수 없다.

'인용끌하' 훈련이 힘든 이유는, 한마디로 "힘들어야 하기 때문"이다. 힘이 들지 않은 훈련은 훈련이 아니고 그냥 물건 들었다 놓는 동작을 반복하는 노동이다. 훈련은 동작 종류와 무게에 따라 다양한 개수와 세트 수로 설계되는데, 누구나 똑같이 힘들도록 자신의 최대기록에 비례한 %의 무게로 강도를 설정한다. 그렇다 하더라도 사람마다 심리도 다르고 성향도 다르기 때문에, 진정으로 힘들게 훈련했는지의 여부는 결국 본인만이 안다. 나 같은 경우는 어느 순간 "아, (욕)! 내가 왜 이 짓을 하고 있지?"라는 생각이 휘영청 떠오르면 제대로 훈련하고 있다는 신호로 인식한다. 이제 지금부터 1~2세트를 추가하면 훈련이 완벽하게 완성된다.

하지만 나도 마지막 세트를 시작하러 바벨 앞으로 걸어갈 땐 정말 거짓말 안 보태고 최소 십여 가지 생각이 든다. 앞선 세트를 겪어서 힘듦의 강도는 이미 알고 있고, 그보다 더 힘들 것이라는 건 과학적으로 당연하다. 지금 이 순간, 이 세트가 너무 하기 싫다. 그런데 포기하고 타협하는 사람이 되는 건 너무 찝찝하다. 그렇다고 이 세트를 할 용기가 생기지는 않는다. 그런데 끝나고 '실패'라는 결과물을 손에 쥐기는 더 싫다. 마지막 세트의 마지막 개수에서는 1초 남짓한 짧은 순간 동안 이 운동을 시작하게 된 계기부터 시작해서, 더 잘하고 싶었던 욕심, 발전해서 행복했던 순간, 그리고 마지막 세트를 시작하러 바벨 앞으로 걸어가기 전까지의 장면이 주마등처럼 아찔하게 지나간다.

나는 어릴 적 "미련하다"는 말을 많이 들었다. 어린아이가 인내하는 모습을 보면 대부분 경우에는 "끈기 있다"고 칭찬하기 마련이지만, 어른들 눈에도 이 정도의 인내심은 정상이 아니다 싶었던 모양이다.

사실 나는 '묵묵함'을 상당히 즐기는 사람이다. 세상과 나 사이에 연결된 수많은 선들을 하나씩 차단하고 거대한 공간에 오로지 나, 그리고 내 앞에 놓인 미션만이 남겨진 듯한 느낌을 즐긴다. 시간이 지날수록 점점 모든 것이 극단적으로 단순화되고 둔탁해지는 듯한, 이대로 몇 시간이고 며칠이고 흘러도 모를 것 같은 느낌이 좋다. (이 스킬은 듣기 싫은 잔소리 들을 때 활용하면 꽤 쓸모 있다.)

그래서 나의 '인용끌하' 훈련에서는 늘 극도로 단순한 심리와 극도로 복잡한 심리 사이에 끝없는 마찰이 일어난다. 항상 '묵묵함'의 승리로 끝나지는 않지만, 그래서 더욱 이 훈련이 소중하게 느껴진다. 힘든 게 좋은 사람은 없다. 하지만 성장에 대한 믿음이 있기에 미련하게 버틴다.

요즘 들어 느껴지는 변화가 있는데, '3대 운동'이 각종 미디어에서 크게 화제가 되고 있다는 점이다. 운동에 관심 없는 사람들까지도 대화에서 "3대 몇?"이라는 표현을 심심찮게 사용하는 걸 보면, 힘을 단련하는 운동이 확실히 전보다 더 대중화가 된 것 같다. '재미'만 내세운 과장된 체육관 홍보가 난무하는 요즘, '묵묵함'이 대중화된다는 건 반가운 일이다.

다시 한번 빨간약, 파란약을 준비해본다. "재미있는 역도" 후에 "잘하는 역도"로 한 단계 올라가기 위해 '묵묵함'과 친구가 될 준비가 되었는가?

아이템의 중요성
: 역도복을 찾아서

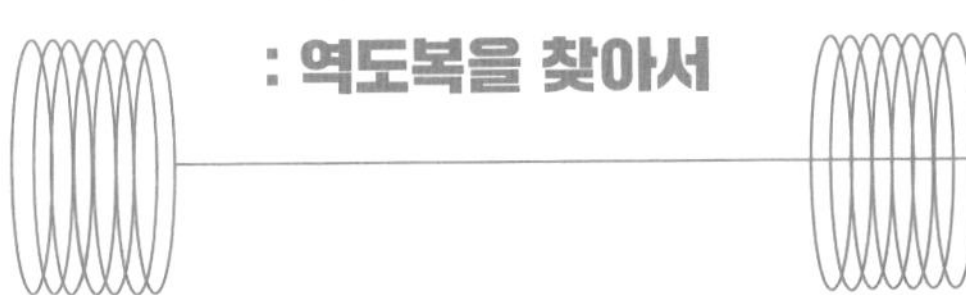

'역도' 하면 떠오르는 복장은 뭘까? 5부 쫄바지에 수영복처럼 상하의가 붙은 올인원? 허리를 바짝 조이는 두꺼운 가죽 벨트? 붕대 같은 하얀 손목 보호대?

대중들이 역도 복장을 가장 자주 접하는 기회는 올림픽 중계다. 사람들이 떠올리는 전형적인 역도복은 엘리트 선수들이 입는 대회복인 것이다. 이런 복장은 일반인들에게 과하게 느껴지는 게 사실이고, 역도에 다가가기에 그렇지 않아도 높은 벽을 더 높이 쌓는 데 일조했다.

실제 역도장에서 훈련하는 동호인들의 복장은 헬스장의 풍경과 크게 다르지 않다. 여자들은 요가복으로 유명한 모 브랜드를 선호하고, 남자들은 일반적 피트니스 브랜드의 유행을 따른다. 상하의가 붙은 역도복은 화장실 갈 때 상당히 불편하기 때문에 거의 착용하지 않는다. 바벨 들다가 정강이가 쓸리지 않도록, 슬리브를 차거나 반바지 안에 타이츠를 입는 경우도 있다. 손목 보호대는 취향껏 다양한 색으로 구비한다.

꼭 역도화를 신을 필요는 없다. 러닝화처럼 바닥이 푹신한 신발만 아니면 된다. 역도선수들도 역도화가 상업적으로 개발되기 전에는 단단한 고무 밑창으로 된 소위 '캔버스화'를 신었다고 한다. 하지만 그래도 역도화를 신는 것은 권장된다. 왜냐하면, 나약하고, 간사하고, 불안하기 짝이 없는 동호인의 마음을 붙들어줄 든든한 존재는 장비뿐이기 때문이다! 그중에서도 탄탄한 미드솔, 날렵하게 올라가는 뒷굽, 찬란하게 빛나는 측면의 로고로 무장한 역도화야말로 동호인에게 마법을 걸어준다. 발을 조심스럽게 넣고 정성 들여 신발끈을 맨 다음, 발판에 올라서 나무 마루를 딛는 순간, 몸안에 차오르는 온 우주의 기운이 느껴진다.

역도복의 경우, 공식대회에 참가하려면 의무적으로 착용해야 하는데, 동호인 대회에서는 헐렁한 옷 정도만 제재할 뿐 의

무는 아니다. 하지만 일부 동호인은 그래도 역도복을 구매한다. (역도복이 가져다주는 이득에 대해서는 앞선 "역도화 찬양" 단락을 참조하기 바란다.) 역도복은 대중적 수요가 거의 없기 때문에, 동호인들은 해외에서 극소량으로 들어오는 고가의 수입품에 의존한다. 그리고 어쩌다가 재고를 발견한다 해도 대부분 남자용이라서 몸에 잘 맞지 않는다.

그런데 나는 우연히 SNS에서 한 글로벌 패션 브랜드가 스포츠웨어 분야로 사업을 확장하면서 유명 여자 역도선수와 홍보대사 계약을 체결한 것을 보게 되었다. 역도복도 출시 안 하고 이런 계약을 맺었을 리는 없겠지. 나는 이 브랜드 홈페이지를 열심히 검색해서 그녀가 너무나 예쁘고 은혜로운 디자인의 역도복을 입고 있는 것을 찾아냈다. 상품코드를 복사한 다음, 한국 공식 쇼핑몰 페이지 검색창에 붙여넣고 두근거리는 마음으로 '찾기'를 눌렀다. 세상에, 있었다! 대한민국에서 여성 역도복을 판매하고 있었던 것이다!

그런데 상단의 상품 설명을 보고 웃음이 터져버렸다.

기능성 보정속옷.

사진 속 모델은 명백히 역도선수가 아니었지만, 나름 손목보호대도 코디해서 최대한 역도의 분위기를 갖춰 촬영하려 한 흔적이 있었다. 아마 이 상품이 역도복임을 모르는 한국 고객은 속옷에서 풍겨나오는 올림픽의 향기에 매우 혼란스러웠을 것이다. 사람들에게 외면받은 듯, 상품 가격 옆에는 70% 할인 딱지가 쓸쓸하게 붙어 있었다.

너, 내게로 와 역도복이 되어라.

서자 같은 이 녀석을 품어주듯 장바구니에 담고 '결제' 버튼을 눌렀다.

억측처럼 들리겠지만, 나는 예쁜 운동복을 입으면 더 건강해진다고 믿는다. 운동복이 예쁘면 한 번이라도 더 체육관에 가게 되고, 체육관에 한번 더 가면 한번 더 운동하게 되고, 한번 더 운동하면…… 빨랫감이 늘어 운동복이 더 필요하게 된다. 괜찮다. 세상에는 예쁜 운동복이 얼마든지 많으니까. 하늘 아래 같은 빨간 립스틱이 없듯, 나의 레깅스들은 각기 소중한 아이들이다.

며칠 후 도착한 역도복을 챙겨 당장 역도장으로 갔다. 온몸에 착 감기는 것이 아주 쫀쫀했다. 위아래 붙은 옷에서만 느낄 수 있는 묘한 일체감, 그리고 불편하지만 그래서 더 특별한 존재감. 엉덩이를 찰싹 때려봤다. 하핫! 소리 한번 찰지다! 가자, 무게 들러!

역도대회는 무게로 승부하는 전쟁이며, 역도대회장은 천둥 같은 소리를 내며 떨어지는 바벨 소리, 무게가 올라갈 때마다 날카롭게 쨍그랑거리는 원판 소리, 그리고 응원하는 함성이 뒤섞인 전쟁터다. 그런데 역도 전쟁 전에 벌어지는 총성 없는 조용한 전쟁이 있다. 바로 "체급 전쟁"이다.

체중이 더 나간다고 무조건 많이 들 수 있는 건 아니지만, 체격이 크면 힘이 더 센 것은 사실이기 때문에, 동일한 키와 근육량 기준에서 최대한 공평하게 경쟁하도록 만들어진 것이 체급 시스템이다. 당연한 이야기지만, 누구나 동일한 체급 내에서 더 많은 경쟁력을 갖길 원하고, 따라서 더 낮은 체중의 체급에 맞추려 한다. 특히 동호인 대회에서는 같은 힘과 기술을 갖췄을 경우, 체중을 한 체급 낮추는 것이 가장 확실한 '업그레이드'이다. 문제는, 모두가 이 업그레이드를 시도한다는 것이다. 업그레이드를 안 하는 사람은 자동으로 '다운그레이드'가 된다. 결국 엘리트 선수나 동호인이나 마찬가지로 역도대회에 나가려면 체급을 맞추는 것은 숙명이다.

역도에는 남녀 각 일곱 개의 체급이 있는데, 체급 간 차이는 약 5~7kg 정도[✎]다. 이 정도면 아주 불가능한 수준의 감량은 아니기 때문에, 많은 동호인들이 선뜻 도전장을 내민다. 솔직히 나 또한 역도대회를 체중 유지 수단으로 사용하지 않았다면 거짓말일 것이다. 늘 운동을 한다 해도 스트레스를 받거나 바빠지면 체중계 바늘이 올라가곤 하는데, 느슨해지지 않기 위해서 주기적으로 역도대회에 나가는 것만큼 확실한 동기 부여도 없다. 약간 과체중이 되었다면 내 평소 체급으로 내리려 노력하게 되고, 만일 대회 체중을 유지하고 있다면 욕심을 내서

✎ 역도 체급은 이렇게 나뉜다.
男 61kg, 67kg, 73kg, 81kg, 89kg, 96kg, 102kg, 109kg, 109kg+
女 49kg, 55kg, 59kg, 64kg, 71kg, 76kg, 81kg, 87kg, 87kg+

그 아래 체급에도 도전해보게 된다.

내 체급에서 힘으로 최대한 손해보지 않으려면, 힘에 영향을 주지 않는 부분만 쏙 빼내고 대회에 나가야 한다. 인체의 체중은 일시적인 수분 고갈만으로도 2kg 정도는 차이가 나기 때문에, 평상시에는 목표 체급에서 2~3kg 정도 높은 체중을 유지하며 훈련하다가 대회 며칠 전부터 수분 섭취만 제한하는 것이다. 부족한 수분은 계체 통과 후 이온음료를 마시면 완전하게 원상 복귀된다. 과도한 수분 섭취 후 수분을 더 빼내는 '워터로딩' 방법도 있다. 여기까지는 모든 상황이 매우 이상적인 경우다.

생업이 있는 동호인들의 대회 준비는 안타깝게도 이상적이지 못하다. 동호인들도 그럴싸한 계획은 늘 있다. 꼼짝 않는 체중계 바늘을 보기 전까지는. 그때부터 비상벨이 켜진다. 동호인들의 단체 메신저 창도 난리가 난다.

"어제 회사 회식에서 음식으로 고문당했어요."

"혹시 OO동 근처 이 시간에 문 여는 사우나 아시는 분?"

"차라리 오늘 팍 굶을까요?"

"그러다가 대회 당일에 체중 확 올라가요!"

"OOO 음료 마시면 수분 증가한다던데 사실인가요?"

이런 약간 과장된 호들갑의 이면에는 이 전쟁이 체중 맞추기로 끝나지 않고 곧이어 엄청난 무게 들기 전쟁으로 이어진다는 사실이 있다. 체중을 줄인 게 처음도 아니고, 최대 무게에 도전해본 것도 처음이 아니지만, 두 가지를 동시에 해본 사람은 별로 없다. 게다가 평소와는 달리 무대에 올라 관중들 앞에서, 그리고 코앞에 근엄한 표정의 심판 세 명을 앉혀놓고 바벨을 들어야 한다. 맙소사! 역도대회가 처음인 박 모 대리는 "유치원 이후로 무대에 서보는 것이 처음"이라며 패닉에 빠졌다. 다른 동호인들이 장난으로 놀리지만, 그들도 긴장한 기색이 역력하다.

일단 안전한 체중에 진입했으면 그다음부터는 방어 전쟁이다. 안전한 체중은 체급에서 500g~700g 정도 아래의 수치다. 그래야 나중에 옷 무게가 추가되거나 가정용 체중계와 오차가 생겨도 안심이다. 방어 방법은 간단하다. 안 먹고 안 마시기. 목이 마를 때는 각얼음을 물고 견딘다. 당이 떨어져 어지러울 때는 사탕을 천천히 녹여 먹는다. 만일 계체 직전에 잰 체중 수치가 여유 있어서 뭔가 먹고 싶다면, 섭취할 음식을 손에 들고 체중계에 올라간다. 지금부터 음식과 나는 '물아일체'다. 나와 음식을 합한 무게가 계체 무게를 넘지 않는 음식만 먹을 수 있다. 우리에게 친근한 음식인 김밥이나 샌드위치가 얼마나 무거운지 알면 놀라게 될 것이다.

이제 계체 전투가 남았다. 계체 하러 갈 때는 못 벗을 거 남기고 다 벗어도 되는 전략적 의상이 필요하다. 여자는 스포티한 비키니나 스포츠 브라 톱이 좋다. 그리고 쉽게 한 꺼풀씩 덜어낼 수 있는 의상이어야 한다. 그러지 않아도 체중 감량으로 지칠 대로 지쳤고, 동일 체급 경쟁자들과 좁은 계체실에 갇혀서 마음이 불편한데, "잠깐만요, 셔츠 단추 좀……" 하고 시간을 끌면 엄청난 민폐다.

"400g 정도 오버네요."

"알겠습니다!"

훌러덩.

"더 뺄 거 없나요."

"아이고 저런!"

또 훌러덩.

"됐습니다. 63.92kg 적으세요. 다음 선수!"

아슬아슬하게 체중을 넘긴 사람에게는 경기장 주변을 10바퀴 뛰고 화장실에 다녀오라고 한다. 누군가 "이럴 줄 알았다"는 표정으로 계체실을 뛰쳐나가면 대부분 10바퀴 처방을 받은 사람들이다. 당연한 이야기지만, 체급 기준 체중을 넘을 경우 실격 처리되어 대회 참가가 불가하다. 위 체급으로 변경해서 출전하는 소위 '월체'는 드문 경우에만 허용되고, 체중이 너무 적게 나와서 아래 체급으로 내려가는 '하체'는 대부분 불가능하다.

계체를 통과하면 제일 먼저 음료를 벌컥벌컥 마신다. 얼마나 절실했는지, 옆 사람에게 음료를 들고 있으라고 하고, 체중계에서 내려오자마자 받아서 마시는 사람도 있다. 갈증과 에너지 보충을 동시에 충족하는 포도주스가 단골 메뉴다. 계체 후에는 시합 시작까지 약 한 시간밖에 여유가 없기 때문에 빨리 식사를 해결해야 한다. 마라톤처럼 뛰는 종목은 아니지만 그래도 먹은 게 배 속에서 출렁이면 편하지는 않기 때문에, 가능한 한 소화 잘 되는 간단한 음식이 좋은…

…것을 알지만, 계체 후 매번 내 입맛은 화려하고 꽉 찬 음식으로 나를 이끈다. 내 입과 배 속은 복수심으로 활활 불타고 있다. 건강한 건 싫다! 내 소울 푸드인 빵은 점수가 "0", 즉 "빵"이 된다는 미신이 있어서 못 먹는다. 대신 한 시간 동안 나에게 배드푸드bad food 축제를 열어줄 거야! 번화가에서 떨어진 역도대회장 부근에서 할 수 있는 최고의 복수는 순댓국이다.

이모! 여기 공깃밥 추가요!

체급 전쟁에 대한 종전을 선언한다. 다음 전쟁터로 출발!

21세기 기록 경쟁 스포츠는 거의 과학 경쟁이라고 해도 과언이 아닐 정도로 첨단기술들이 동원된다. 훈련이나 측정용으로 사용되는 첨단 장비들이 가득한 스포츠과학 연구소를 보면 마치 영화 〈아이언맨〉에 나오는 기지 같다.

한편으로는 과학의 발달과는 무관하게 고수되는 고전적 전통이 있다. 역도는 특히 그런 경우다. 이를테면 2008년에 출시됐던 아디다스의 역도화 모델 'Adistar'는 중고로 최고 900달러에 거래된다. 지구 반대편의 어느 대륙에서 누군가 아까워

라벨도 떼지 못하고 모셔두었다가 똥 되기 전에 양도하는 경우다. 그나마 매물도 모든 사이즈를 통틀어 다섯 개 미만이다. 가끔 현역 선수가 예전에 신던 Adistar를 그냥 주는 경우도 있다. 이럴 때는 마음을 정갈하게 하고 허리 숙여 두 손으로 공손하게 받는다. 하얀 가죽이 갈라지고, 발등 밴드가 끊어지기 직전이지만, 마치 새 신을 선물 받은 초등학생처럼 운동 가방에 고이 넣고 잠을 설친다.

역도장 시설은 낡은 아이템이 많을수록 멋있다. 생채기가 난 나무 마루는 왠지 고중량을 다루는 고수들의 좋은 기운이 서려 있을 것 같다. 바벨 슬리브에 붙은 너덜너덜한 스티커 자국을 보면 우에사카Uesaka 브랜드인 것을 직감하고 반갑다. 한 켠에 걸려 있는 역도 벨트는 당연히 손때가 탄 두꺼운 가죽이어야 한다. 전완아래팔 힘을 비축하기 위해 사용하는 '풀끈스트랩'은 웨빙끈을 직접 잘라서 면테이프로 붙여 써야 제맛이다.

클래식한 아이템들도 빼놓을 수 없다. 엘리트 체육인의 색은 역시 화이트다. 역도복을 완벽하게 만드는 것은 발목 위로 보이는 눈처럼 하얀 목양말이다. 손목에 감는 역도 붕대는 여러 가지 색상의 제품이 나왔지만, 그래도 중요한 기록을 잴 때는 신성한 제사를 지내듯 고전적 하얀 붕대를 사용한다. 그러나 클래식 역도 패션의 화룡점정은 단연코 태극기다. 어떤 복장, 어떤 형태의 가방이든 직사각형 태극기의 파랑과 빨강만 어른거려도 이미 격이 상승한다. 젊은 사람은 국가대표 선수처럼, 나이든 사람은 국가대표 감독 같은 기분을 느낄 수도 있다! 물론 보는 눈은 그렇게 판단하지 않겠지만.

역도에는 오래된 관습도 많다. 종류에 따라 명백한 미신도 있고, 루틴도 있지만, 때에 따라서 미신과 루틴 사이 경계가 애매한 경우도 있다. 이를테면 대회 전날이나 당일에는 빵을 먹으면 안 된다. 세 번의 시기를 모두 실패해서 말처럼 '빵0을 먹을' 수도 있기 때문이다. 혹시라도 빵을 섭취했을 땐 우유를 마셔서 나쁜 기운을 없애야 한다. 또한 대회 전날에는 굳은살 정리를 하지 않는다. 또, '잘 들어지는 티셔츠'를 역도복 안에 받쳐 입는다.

무대에 섰을 때 바벨은 마루와 완벽한 평행을 이루며 놓여 있어야 한다. 이게 안 맞으면 영 찝찝해서 무거운 바벨을 밀기 어려운데도 몇 번이고 조정한다. 참다못한 코치가 "그냥 들어!" 소리치고, 선수는 "맞춰야 한다고 했잖아요!"라고 불평한다.

탄마 가루 묻힐 때는 누구나 약간 기도하는 듯한 모습이 된다. 사실 무대 올라가서 바벨을 잡기 전 최후의 루틴이기 때문에 표정이 엄숙해지고, 탄마 가루를 양손에 골고루 묻혀야 하기 때문에 손을 맞대다보니 자연스럽게 기도하는 포즈가 나온다.

바벨 앞에 서서 발을 구르는 선수들도 많다. 지면을 확실하게 누르기 위한 마음의 준비다. 나도 초보 때 멋모르고 따라 했던 루틴 중 하나다. 들기 전에는 바벨을 잡고 괜스레 앞뒤로 굴리기도 한다. 솔직히 내가 관찰한 대부분의 경우 바벨은 결국 원래 자리로 돌아왔다. 그래도 굴려야 하면 굴리는 것이다. 나열해볼수록, 역도도 참 복잡미묘한 스포츠같이 느껴진다. 대체 이게 뭐라고 이렇게도 치열하고 절실하게 목숨을 거는 건가? 그러나 그 의미를, 나는 5주나 강제로 역도를 그만둔 후에 깨달았다.

한참 코로나 확진자 수가 치솟을 때, 확진자와 동선이 겹쳐서 2주간 자가 격리 통보를 받은 일이 있다. 최근 그렇게 오랜 기간 동안 운동을 금지당한 일이 없었기에 너무나 공허하게 시간을 보냈다. 덤벨을 빌려왔지만 소용없었다. 나는 덤벨이 아니라 바벨을 원한다고! 높이 들어올린 바벨을 머리끝에서 아래로 던지고 싶다고! 그런데 그토록 기다리던 격리가 끝난 이틀 뒤부터 수도권 모든 체육시설에 대한 3주간 운영 금지령이 내려진다. 어이가 없어 너털웃음만 나왔다.

징검다리처럼 나에게 주어진 단 하루. 나는 체육관에 가서 무게 원판과 케틀벨을 추가로 빌려왔다. 코로나가 내 의지를 이기게 만들지 않으리라. 나는 다시 일상으로 돌아갈 거야!

총 5주간의 강제 휴식 후 복귀한 첫날, 역도체육관으로 가 문을 열었다. 콧속으로 스며드는 소중한 클래식의 향기! 탄마가루야, 잘 있었니? 무게 원판들은 서로 안 싸우고 줄 잘 서 있었니? 생채기 가득한 나무 발판을 손으로 쓰다듬어봤다. 정성껏 붕대를 감고 발판 마루를 쿵쿵 굴러보고 약간 무거워진 듯한 빈 바벨을 머리 위로 띄워본다.

그래. 이게 바로 역도의 향기야!

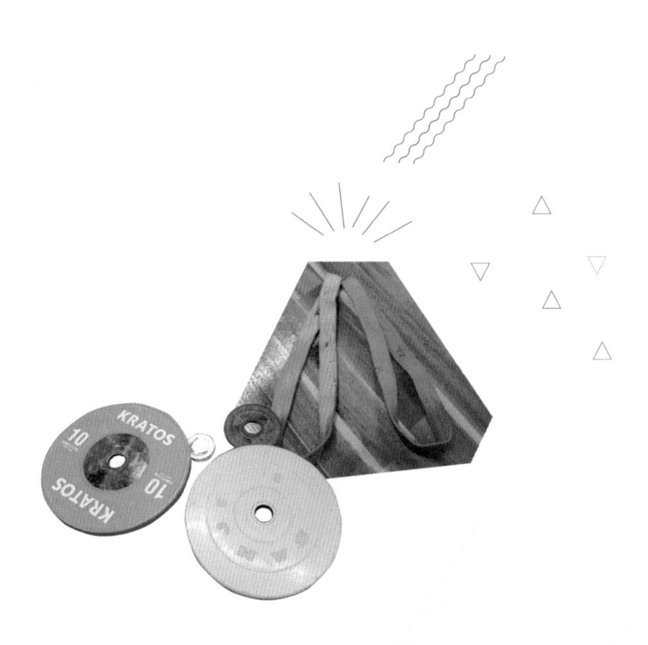

역도요?
팝콘 먹으면서 보는데요

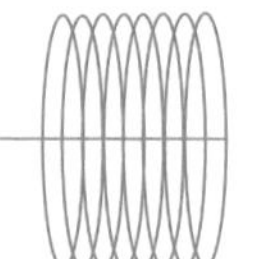

2020년은 봉준호 감독의 오스카상 수상으로 모든 미디어가 뜨거웠다. 어떤 채널을 틀든 봉준호 감독의 수상 소감이 흘러나왔다. 그와 함께 화제가 된 인물은 감독의 곁에 그림자처럼 붙어 매끄러운 의사소통을 가능케 했던 통역사였다. 너무나 훌륭한 통역이었지만 나는 그 장면을 늘 온전히 끝까지 보기가 힘들었다.

"오스카 시상식 통역 들었어요? 난 떨려서 못 듣겠던데."

"나도 그랬어요!"

같이 동시통역 일을 하는 동료 선생님도 마찬가지였다고 한다. 생방송 통역 혹은 의전서열 높은 인물의 통역을 경험해본 사람은 심장이 쪼그라들 것 같은 그 상황을 안다. 저 앞에 서는 것으로도 얼마나 긴장되고 부담될지 너무 잘 알아서 목소리의 미세한 떨림과 제스처를 통해 그대로 감정이입해버린다. 동시통역사의 목소리가 흘러나올 때는 더하다.

떨림에 대해서 이야기하고 있자니 누군가 이렇게 물었다.

"그런데 선생님, 역도 경기 볼 땐 어떠세요? 안 쫄리세요?"

"어? 그냥 팝콘 먹으면서 보는데요? 눈을 아주 부릅뜨고요."

생각해보니 그렇다. 쫄림으로 치자면 머리 위로 140kg을 드는 것만큼 쫄리는 일이 어디 있겠는가? 그런데 나는 지금까지 SNS나 유튜브에서 역도선수들의 경기 장면을 보면서 온 마음으로 몰입하지는 않았던 것 같다. 막연하게 대단하고 멋지다는 생각을 하면서, 너무 잘하니까 나와는 완전 다른 세상 속 사람처럼 느껴졌던 것도 사실이다.

피아노 연주를 볼 땐 반반이었던 것 같다. 지인이 쳤던 곡이나 내가 쳤던 곡을 치면 마음이 조마조마하고, 아주 유명한 대가가 연주한 곡이나 내가 치지 않았던 곡을 들을 땐 비교적 마음 놓고 감상할 수 있었다.

둘의 다른 점이 뭘까? 피아노나 통역은 과거에 업이었거나 지금 업인 것이고, 역도는 아무리 애정이 있어도 결국 업은 아니라서 그럴까? 나의 인식에 차별이 있었다는 사실에 내심 놀랐다.

"아무려면 그렇죠. 역시 통역이 업은 업인가봐요!"

웃으면서 대화를 마무리했지만, 역도에 그만큼 이입하지 못한 나 자신에 대한 왠지 모를 섭섭함에 마음 한구석이 살짝 쓰렸다.

2020~2021년은 운동인들에게 참 암울한 해였다. 체육관 이용이 제한되기나 금지되었고, 각종 대회가 취소됐다. 기준이 다소 완화돼서 대회가 열렸다 해도 무관중 경기였고, 동호인들을 위한 오프라인 대회 개최는 말도 못 꺼내는 상황이었다. 체육관에서 함께 운동하는 사람들끼리 얼굴 전체를 못 본 지 이 년에 가까워져 가고 있었다. 그나마 역도는 숨이 많이 차는 운동이 아니라 다행이지만, 유산소 운동은 '민폐 운동'으로 낙인찍혀서 눈치보면서 한다. 이 불쌍한 운동인들의 우울증을 해소해줄 이벤트가 간절했다.

그리고 드디어 2021년 8월. 무려 오 년 만에 올림픽이 개최되었다. 일본에서 열리니 시차도 비슷해서 올해는 꼭 생중계로 역도 경기를 관람하리라 마음먹었다. 다행히 역도 여자 경기들은 저녁 시간대여서 일을 끝내고 여유 있게 관람을 준비할 수 있었다.

인상과 용상을 합하면 최소 한 시간 반 정도 걸리니 화장실에도 다녀오고, 음료수와 간단한 스낵, 그리고 팝콘도 준비했다. 역도를 배우기 시작한 후, 역도 경기 영상을 하이라이트 편집본으로는 수도 없이 봤고, 이따금 전체 영상도 봤지만, 생중계는 처음이다.

카메라가 위엄 가득한 역도 경기장 내부를 크게 회전하며 벽에 그려진 커다란 오륜 심벌을 비추자, 기대감에 가슴이 부풀었다. 카메라는 무대 뒤편의 선수 웜업존도 보여줬다. 이번 대회의 메달 후보 선수들을 집중적으로 보여준다.

왜 저렇게 서로의 옆에서 몸을 풀게 하지? 어휴, 너무 신경쓰이겠다. 국적과 인종은 다르지만, 선수에게 끊임없이 뭔가 지시하는 코치의 모습과 점퍼를 대충 어깨에 걸치고 애써 무덤덤한 척 의자에 앉은 선수의 모습은 어쩜 그렇게 우리 동호인 역도대회와 똑같던지! 지금 개인 기록 대비 80% 정도 드는 거 보니까 이따가 1차시기 들어가겠네.

비순위권 선수 하나가 호명을 듣고 일어나 나가고, 코치진이 등을 두들기며 우르르 뒤따른다. 탄마 통에 손을 넣어서 가루를 묻히고, 아주 천천히 무대 위 바벨 앞으로 이동한다. 큰 소리로 구호를 외치고, 마루를 탁탁 밟고, 쭈그려 앉아 팔을 넓게 벌려 바벨을 잡는다.

잠시 바닥을 응시하면서 망설인다. 뭐하는 거야! 타이머가 돌아가고 있다고! 이러다가는 30초 경고 삑 소리에 걸릴 것 같다. 삑 소리가 워낙 크기 때문에 중간에 이 소리가 들리면 순간적으로 움찔하게 된다. 어, 든다 들어. 아직 끌기가 중간인데 삑 소리가 울려퍼진다. 신경쓰지 마! 그대로 뻗어! 아! 쫄려서 못 보겠다! 손에 한 움큼 쥐고 있던 팝콘을 그대로 털어냈다.

어머, 나 지금 뭐한 거지?

팝콘을 먹을 수가 없다! 팝콘, 너도 봤지? (응!)

역도 중계를 보는데 내 입이 팝콘을 거부했다. 대단한 사건이다. 이제 내 맘속에서 통역—피아노—역도가 동급으로 자리잡은 거다.

이 얼마나 기쁜 동행 선언인가? 이제 셋이 만나 행복한 미래를 꿈꾸는 일만 남았다. 나는 심심한 입으로 중간중간 팔다리에 움찔 헛심을 줘가며 나머지 역도 중계를 끝까지 지켜봤다.

뭐가 달라진 걸까? 내 실력이 그들과 조금이라도 가까워져서일 리는 없는데. 대신 감히 나의 진심이 그들과 가까워졌다고 결론 내려보고 싶다. 아니, 뭐가 되었든 상관없다. 나는 역도에 진심인 사람이 된 게 너무 기쁘다. 팝콘 팩은 다른 좋은 관람을 위해 넣어두자.

2

나의 반려 운동

스위스의 한국인 아이언맨 1

내가 3종운동에 입문하게 된 계기는 비교적 단순하다. 헤엄쳐봤고, 자전거 타봤고, 달려봤으니까.[*] 한꺼번에 해도 될 것 같았다. 하지만 선뜻 도전하기가 쉬운 것은 아니었다. "3종운동은 블랙홀처럼 시간을 빨아들인다"는 경고는 익히 들어왔다. 나는 아직 그만큼 내 시간과 관심을 3종운동에 할애할 자신이 없었다.

[*] 3종운동은 수영, 사이클, 마라톤을 연이어 실시한다.

결국 내가 3종운동에 도전하게 된 것은 만 40세가 되는 2010년에 이르러서였다. 정신이 똑바로 세워진다는 '불혹'의 나이가 되었으니 이제 무엇을 시도해도 신중하게 판단하겠지.

풀 마라톤, 장거리 라이딩, 야외수영, 각종 단거리 3종 대회 참가 등 철인이 되기 위한 단계적 수순을 착실하게 밟았다. 약 이 년 후, 나는 제주도에서 열리는 아이언맨Ironman 대회에 참가하여 수영 3.8km, 자전거 180km, 달리기 42.195km를 16시간 4분 만에 완주하고 '철인' 칭호를 받는 데 성공했다. 그런데 인간의 욕심은 끝이 없는가보다. 그로부터 일 년 후, 나는 어느덧 한번 더 아이언맨이 되기를 꿈꾸고 있었다. 이번에는 해외 대회에서 말이다.

사실 해외 대회에 참가하는 건 보통 일이 아니다. 국내에서도 아이언맨 대회에 참가하려면 장비 관리, 대회장 이동, 정보 부족 등으로 인해 혼자서 참가하는 것이 굉장히 힘들다. 이걸 이제 겨우 단 한 번의 아이언맨 경험 후에 외국에서? 이건 마치 운전면허를 딴 지 몇 달 만에 독일 아우토반을 타겠다는 것만큼이나 무모한 계획이었다.

먼저 다른 참가자들의 후기를 읽고, 궁금한 점을 물어보면서 정보를 수집했다. 역시나 가장 어려운 점은 물류 부분이었다. 해외까지 안전하게 자전거를 탁송하고 조립하는 일부터 대회장 가까이 숙소를 잡는 것까지 대략 수십 가지 사항을 혼자서 기획해야 한다. 그런데, 그 와중에 7월 통역일로 독일 출장이 잡혀버리자, 일은 더 복잡해져버렸다. 가까운 호주나 아시아권이 아닌 유럽 대륙까지도 고려해야 하나?

아이언맨 홈페이지를 검색한 결과, 독일 출장 2주 뒤 열리는 스위스 취리히 대회 일정이 눈에 들어왔다. 장소나 시기를 봤을 때 이보다 이상적일 수 없었다. 두근거리는 마음으로 등록 사이트로 가봤다. 아직 마감되지 않았다! 이건 등록하라는 계시야. 잠시라도 망설이는 동안 참가 인원수가 꽉 찰 것 같아서 서둘러 신용카드를 꺼냈다. 100만 원에 가까운 금액이 결제정보에 찍힌다. 이젠 가는 거다. 사 개월 남았다!

아이언맨 대회는 구간별 시간제한이 있다. 예를 들어, 수영 3.8km 종목의 제한 시간은 2시간 20분이다. 그러니 내가 아무리 자전거를 잘 타는 사람이어도, 수영이 느리면 현장에서 진행요원에 의해 경기 참가가 중단된다. 소위 '컷오프'에 걸려 중도 탈락하지 않으려면, 수영은 2시간 20분 안에, 자전거는 7시간 40분 안에, 달리기는 6시간 안에 주파해야 한다. 즉, 세 가지 종목 모두를 웬만한 수준급으로 유지해야 한다. 그래서 3종 훈련은 마치 접시돌리기 묘기 같다. 수영, 자전거, 달리기 중 느리게 돌아가는 접시는 없는지 두루 살펴야 한다. 물론 동시에 생업도 유지해야 한다. 한번은 밥을 차려놓고 너무 졸려 잠시 밥상에 엎드렸다가 그대로 음식들과 함께 새벽까지 잠든 적도 있었다. 맞다. 3종운동은 블랙홀이다. 통장이 홀쭉해지고, 시간이 통째로 삭제됐다고 느낄 때쯤, 출국 날짜는 벌써 일주일 앞으로 다가와 있었다.

나의 계획은 나름 완벽했다. 먼저, 출장 팀보다 하루 먼저 독일로 출국한다. 공항에 커다란 자전거 케이스를 든 채로 동료들 앞에 나타나고 싶지 않았기 때문이다[서울-프랑크푸르트 8,500km].

지인의 집으로 가서 자전거를 맡기고[프랑크푸르트-슈투트가르트 200km], 출장지로 이동한다[슈투트가르트-튀빙겐 50km]. 3박 4일의 출장 일정을 소화한다. 며칠간 휴식을 취한 후, 지인에게 가서 자전거를 찾고[튀빙겐-슈투트가르트 50km], 기차에 싣고 국경 넘어 남쪽의 스위스로 내려간다[슈투트가르트-취리히 230km]. 숙소를 찾아가 짐을 풀고 자전거를 점검했다.

다음날 대회 운영본부를 찾아가서 선수 패키지를 수령하고, 취리히 호수에서 수영을 해봤고, 대회 설명회에 참가하고, 자전거 코스 점검 라이딩에 참가했다. 이제는 대회 당일까지 쉬면 된다. 어떡하지? 벌써 모든 힘이 다 빠져버렸다.

전날 저녁부터 대회 공식 SNS 계정에서는 불이 난다. “수영 종목에서 네오프렌 슈트 착용 금지”라는 공지 때문이다. 폭염

주의보로 인해 내려진 특단의 조치였다. 네오프렌 슈트는 원래 체온을 보호하는 목적이지만, 부력이 있어 야외 수영시 물에 빠지지 않도록 안전장치 역할을 한다. 슈트가 금지된다는 뜻은 어떤 상황에서도 자력으로 헤엄쳐서 생존할 수 있어야 한다는 뜻이다. 먼 타향까지 와서 왜 나에게 이런 일이! 내 휴대폰에도 문자가 쇄도한다. 힘내라는 격려, 진행요원 보트 가까이에서 수영하라는 조언부터, 경기를 포기해도 괜찮다는 앞서 나간 위로까지. 우습게도 나는 참가비가 아까워 절대 포기를 못하겠다는 생각이 들었다. 내회 참가비가 100만 원에 육박한 것은 다행인 일이었다. 고민 끝, 취침 시작.

스위스의 한국인 아이언맨 2

대회 당일 어스름한 새벽부터 눈을 떴다. 경기가 아침 일곱 시에 시작되기 때문에 일찍부터 서둘러야 한다. 숙소를 나서자 새벽인데도 따듯한 공기가 얼굴을 감쌌다. 예보를 확인했을 때 당일 낮 최고 온도는 35도였다.

장비 보관소로 가서 몇 번이고 외웠던 순서대로 자전거와 달리기 장비를 세팅해놓고, 수영할 준비를 해서 출발지점으로 갔다. 이른 시간이라 그런지 대회장 분위기는 사뭇 차분했다. 어느덧 호수변이 참가 선수들의 노란색 수모들로 빼곡히 차기 시작했다. 아나운서가 출발 10분 전을 알리자 갑자기 관객들이 술렁이기 시작했다. 언제 챙겨왔는지 누군가 나팔을 불기 시작했고 북도 치기 시작했다.

빽삐이익~ 두둥두둥~ 우우~.

마치 물감이 번지듯 점점 수백 명 관객들 사이로 함성이 퍼졌다. 그 소리에 압도된 나는 어느덧 두려움이 스멀스멀 목구멍으로 올라오고 있었다. 원형경기장에 오르기 전 검투사는 이런 기분이었을까?

우우.

1초의 오차도 없이 정시 07:00에 출발신호가 울리자, 호수변을 가득 채웠던 2,000여 명의 대열이 빠르게 물 쪽으로 이동했다. 물이 가슴 깊이쯤 오자 수영을 포기하고 뒤돌아 호수변 방향으로 다시 돌아가는 사람들도 몇 명 보인다. 약해지지 말자. 앞만 보고 가자. 일단 첫 반환점까지만, 그러고 나서는 그다음 반환점까지. 차근차근 한 단계, 그다음 한 단계씩 채워가면 된다.

"왼팔, 오른팔, 왼팔, 오른팔."

저멀리 작은 점처럼 아득했던 노란 부표가 제법 커 보이자, 마음이 진정되기 시작했다. 매년 이맘쯤 난리통에 익숙하다는 듯, 무심하게 옆에 떠 있는 오리도 눈에 들어오기 시작했다. 정말로 이번 수영 코스를 무사히 통과할 수도 있겠다는 희미한 희망이 움트기 시작했다. 두번째 바퀴를 도는 선두 그룹이 추월하면서 발에 차이기도 하고, 당황한 옆 선수가 매달려서 가라앉기도 했지만, 늘 다시 떠올라서 호흡을 고르고 조용히 내 리듬으로 돌아갔다.

"왼팔, 오른팔, 왼팔, 오른팔."

이번 물에서만 살아 돌아온다면 앞으로 인생에서 뭐든지 할 수 있을 것 같다. 골인 지점이 저멀리 시야에 나타나기 시작하고, 앞선 사람들이 이제 살았다는 듯이 서둘러 물을 빠져나간다. 절대 끝나지 않을 것 같았던 수영 코스가 끝나고 물에서 나왔다.

: SWIM 01:59:37

나보다 앞서 출발한 선수들이 많았는지 자전거 보관소가 휑하다. 폭염에 대비해 얼굴과 팔다리에 자외선차단제를 꼼꼼히 바르고, 사이클 슈즈와 헬멧을 착용하고 페달을 밟았다.

호수 옆으로 오래된 은행들이 들어선 거리를 지나 도심을 벗어나면 알프스의 산자락이 시작된다. 해발 700m까지 오른 후 다시 대회장으로 돌아오면 90km다. 이걸 두 바퀴 반복해야 한다. 자전거 코스의 난제는 각 '짐승The Beast', '심장파열의 언덕Heartbreak Hill'이라는 무시무시한 별명이 붙은 두 개의 언덕이다.

이중 특히 심장파열 언덕은 순간경사도가 15%까지 치솟는다. 자전거 코스 마지막에 위치해서 심리적으로나 신체적으로나 가장 힘든 구간이다.

35도의 폭염 때문일까. 11시를 지나 태양광이 직각으로 내리쬐기 시작하자 첫 언덕부터 벌써 자전거를 끌고 걸어가는 선수들도 보이고, 그늘에 누워 있는 선수들도 보인다. 자전거도 수영이나 달리기와 비슷하다. 페이스가 한번 흔들리면 다시 돌아오기 이렵다. 지금 당상은 쉬었다가 가는 게 편할 것 같지만, 그 이후의 경기 전체가 힘들어진다. 꾸준하게 밟아야 끝까지 갈 수 있다. 이글이글한 하늘에서 웬일인지 보슬비가 흩뿌린다. 고개를 돌려보니, 자전거 코스 주변에 거주하는 이웃들이 옥상에서 선수들에게 고무호스로 물을 뿌려주고 있었다. 어떤 사람은 아예 작정하고 길가까지 나와 물을 나눠주고 있었다. 파라솔, 비치 의자 그리고 응원 도구도 눈에 띈다. '물에서 단맛이 난다'는 말의 의미가 무엇인지 처음으로 알았다. 그러고 보니 내가 지금 그 유명한 '알프스' 산을 자전거로 달리고 있다는 사실을 거의 잊을 뻔했다. 곳곳에 초콜릿 광고나 목사탕 광고에 나오는 곡선이 길게 이어진 산자락이 보이고 양옆으로는 어린 잎사귀 빛의 연두색 들판이 펼쳐져 있었다. 차가운 도심 속에 있으면서도 거대한 물과 소가 풀 뜯는 산도 보이는, 참 재

있는 동네야. 그러니까 한 바퀴 더? 그래. 그렇다고 치자. 재밌으니까 한 바퀴 더 달리는 것으로…….

아무리 맛있는 요리라도 두번째 접시부터는 맛이 떨어진다. 솔직히 두번째 바퀴부터는 알프스고 도봉산이고 뭐고 이제 그만 자전거 안장에서 내려오고 싶은 마음뿐이었다. 그런데 참 간사하게도, 다음 하나 남은 관문은 이보다 더 힘들 거라는 생각이 오히려 지금 순간을 견디게 만들었다.

즐길 수 있을 때 즐겨라! 다음은 진짜 지옥이야! 산자락 끝의 심장파열 언덕을 두번째 넘는 것을 끝으로 자전거 코스를 제한 시간 안에 무사히 끝내고 장비보관소로 돌아왔다. 마지막 장비인 러닝화가 충실한 개처럼 나를 기다리고 있었다.

: BIKE 07:13:27

흔히들 아이언맨 대회의 마지막 종목인 42.195km 마라톤은 다리가 아닌 '마음으로 달리는 것'이라고 말한다. 몸 상태 기준으로는 아마 첫발조차 내딛기 싫을 것이다. 나는 이날을 위한 예행연습을 수없이 해왔다. 일반적인 달리기라면 컨디션이 좋을 때 하는 것이지만, 나는 일부러 몹시 피곤한 날, 몸살기가 도는 날, 어김없이 러닝화를 주워 신고 꾸역꾸역 집을 나섰다.

"이것보다 더할 때 뛰어야 할 거야."

어떤 상태에서도 다리는 저절로 앞으로 나가야 한다는 것.

내 다리는 그걸 알고 있었다. 머리 꼭대기에서 직각으로 열기를 쏟아붓던 태양이 어느덧 늦은 오후의 따듯함으로 기울고 있었다. 이 정도면 청량하게 느껴질 정도다. 나는 이미 어떡하든 이 경기를 끝내기로 마음의 결정을 내렸다. 단지 매우 고통스럽거나, 다소 고통스러움의 차이일 뿐이다.

어디선가 내 이름과 비슷한 발음이 들린다.

"유운쥐인!"

환청인가? 이번에는 가까이에서 다시 들린다.

"윤쥔! 홉홉홉!"

이미 어둑어둑해졌지만 분명 나에게 손을 흔들며 응원하고 있다는 것은 알아볼 수 있었다. 그제야 나는 나의 가슴에 찬 배번 번호 아래 인쇄된 'YUNJIN'의 의미를 깨달았다. 성을 빼고 이름만 적혀 있길래, 처음엔 주최측이 동양 이름을 혼동한 것이라고 생각했다. 아니었다. 내 배번에 적힌 'YUNJIN'은 사람들이 내 이름을 부르며 응원해줄 수 있도록 적힌 것이었다. 부모와 산책 나온 아이도, 지나가는 자동차도 차창을 내리고 이방인의 이름을 외치고 있었다. 취리히 시민 여러분, 고맙습니다. 내 마음에 연료를 채워주셔서. 울컥하면 호흡이 흔들리니 정신 차리고 계속 움직여!

취리히 대회의 달리기 코스는 나름 아기자기하다. 대회장을 출발해 호수변 모래사장과 숲을 돈 후, 은행 거리를 지나 다시 대회장으로 돌아오는 약 10km 코스를 네 바퀴 돈다. 한 바퀴 돌 때마다 숲 중간에서 파랑—연두—노랑—빨강 순으로 손목 밴드를 받는다. 네 가지 색깔 밴드가 모두 있어야 결승점으로 향하는 통로에 입장할 수 있다. 잔인하게도 매번 돌 때마다 결승점 옆을 지나가기 때문에, 경기를 포기하고 싶은 유혹이 크다. 그저 빨리 지나쳐 어서 다음 바퀴를 시작하는 수밖에.

나는 어느덧 마지막 10km를 남기고 있었다. 속이 불편해 이미 두 번 구토를 해서 생수 몇 모금으로 입안만 적신 채 달리기를 이어가고 있었다. 그래도 다음에 여기에 돌아올 땐 결승 통로에 들어갈 수 있다는 희망으로 간신히 네번째 바퀴를 출발했다.

지금 돌아보면, 가장 큰 감동은 오히려 결승점이 아니라 결승점을 6km 앞둔 숲 코스에서 마지막 밴드를 수령했을 때 왔다. 컴컴한 숲에 마련된 대회 운영 텐트의 어스름한 조명을 등지고, 백발의 진행요원이 빨간 밴드를 손에 번쩍 든 채 멀리서부터 나를 향해 외쳤다.

"Fourth round![네 바퀴째!]"

그의 모습은 마치 구원의 링을 들고 우뚝 선 백발의 마법사 같았다. 그가 이렇게 말하는 것 같았다.

"너는 임무를 다 마쳤도다. 이제 이 링을 들고 완주자의 전당에 입성해도 되느니라."

나는 그토록 받고 싶었던 소중한 빨간 밴드를 손목에 끼고 나머지 길을 걷고, 뛰었다. 너무나 힘들었지만, 이상하게 구체적으로 뭐가 어떻게 힘들었는지는 기억이 잘 나지 않는다. 이제 끝난다는 것, 끝이 있는 고통이라는 것. 그 사실에 저절로 발이 옮겨졌던 것 같다.

결승 통로로 들어가기 직전, 미리 맡겨둔 태극기를 전달 받았다. 옷매무새를 가다듬고, 태극기를 양손에 들고, 코너를 돌아 통로로 들어섰다. 아. 지금까지 펜스 너머로 소리만 들리던 이곳은 이렇게 생겼었구나. TV 스튜디오처럼 화려하게 밝혀진 조명, 북적북적한 치어리더와 음악, 그리고 긴 여정의 종료 지점을 표시하는 거대한 전광판 아치. 결승점을 통과했다. 아나운서의 유명한 공식 멘트가 울려퍼졌다.

"You are an Ironman! 당신은 이제 아이언맨!"

지난 사 개월의 시간이 스쳐지나갔다. 일말의 후회도 없다.

: RUN 05:47:09

©FinisherPix

거꾸로 시작하는 걸음마

인간은 늘 내면의 균형에 대한 신뢰를 가지고 있었다. 그 믿음이 있었기에, 자전거를 발명했을 때도 안정적인 네 바퀴를 두고 굳이 두 바퀴로 아슬아슬하게 균형을 잡는 쪽을 택했다. 우리의 선조는 언젠가 플러스와 마이너스를 오가다 영점에 맞춰지는 균형의 쾌감을 발견했을 것이다. 그리고 후대에도 "인간이란 무릇 균형을 잡을 줄 아는 존재"라는 것을 계속해서 전달했을 것이다. '균형 잡기'라는 당연한 과제에 도전할 마음을 품게 해준 인류에게 무한한 감사를 올리고 싶다.

이 거창한 서사는 나의 물구나무 걷기 이야기를 위한 프롤로그다.

모든 인류가 그렇듯, 균형이 주는 희열을 처음 경험한 건 아마도 걸음마를 뗐을 때였을 거다. 그리고 모든 인류가 그렇듯, 아쉽게도 그때가 전혀 기억이 나지 않는다. 하지만 처음으로 두발자전거를 혼자서 탔을 때의 기억은 생생하다. 아무도 저 아이가 균형을 못 잡을 거라 의심하지 않았고, 나 또한 모두가 겪는 인류 보편적인 과정을 거쳐 균형을 찾았다. 균형을 찾을 때의 착오와 희열이 인류 보편적이라는 점은 얼마나 놀라운 것인가? 인종이 다르고, 나이가 달라도 그 누구도 "균형이 잡혀서 기분이 나빠졌어"라고 말할 사람은 없는 것이다.

오랜 세월 후, 뜬금없이 물구나무에 도전하게 된 동기는 아마도 그 희열을 다시 느껴보고 싶어서였을 것이다. 크로스핏 체육관에서 벽에 기대어 처음으로 거꾸로 서봤을 때는 허우적대는 바람에 실패만 거듭했었다.

남들이 하는 것은 쉬워 보였는데, 막상 내가 도전해보니 나는 세상이 뒤집히는 걸 온몸으로 거부하고 있었다. 몇 번의 시도 끝에 코치님의 보조를 받아 처음으로 제대로 서서 몸을 펴봤다. 두 팔에 체중이 묵직하게 느껴지면서, 두 손에 바닥이 온전히 느껴졌다. 균형이 맞춰진 건가? 앞을 보니 익숙한 듯 달라

보이는 세상. 잠시 거꾸로 세상을 관망해보는 건 꽤 재밌었다.

물구나무의 장점은 평평한 바닥만 있으면 어디서든 연습할 수 있다는 점이다. 절대균형은 마치 '사이버 꿀단지' 같아서, 언제 어디서든 불러낼 수 있다. 강의실 복도 뒤의 후미진 공간, 아무도 도착하지 않은 국제회의장 바닥을 보면 내 입가에는 야릇한 미소가 떠올랐다. 당장이라도 넘어갈 듯 바들바들 전, 후, 좌, 우로 기울다가 어느 순간 중심이 맞았을 때의 그 희열. 그럴 땐 마치 내가 지구의 핵에서 뻗어나온 기둥이 된 것 같은 느낌이다. 우연에 몸을 맡기지 않고 내가 나를 스스로 제어하는 성취감은 엄청나다.

물구나무서기에 익숙해지자마자 나는 물구나무를 선 채로 걷기를 연습했다. '서기'와 '걷기'의 차이는 두 팔이 아니라 한쪽 팔로 균형을 잡아야 한다는 점이다. 우리가 두 다리로 걸을 수 있는 것도 한 다리가 옮겨지는 동안 나머지 다리가 균형을 잡고 버티고 있기 때문이다. 갓난아기도 배우는 쉬운 동작 같지만, 실은 엄청난 고난도의 기술이다. 2족 보행 로봇 현실화가 최근에 이루어진 것도 이러한 이유다.

처음 물구나무서기를 배울 때처럼 다시 벽으로 돌아간다. 조심스럽게 한 손을 바닥에서 살짝 떼어본다. 떼자마자 다시 허겁지겁 바닥을 찾는 손. 고작 1cm 정도를 떼는 게 거대한 산을 들어올리는 것처럼 힘들다. 버티는 팔을 둘에서 하나로 줄이는데, 난도는 두 배가 아니라 세 배, 열 배로 늘어난다. 뗄 수 있는 손의 높이가 어깨까지 올라오면 전진 신호가 떨어진 거다. 물구나무서기 때처럼 조금씩 벽에서 멀어져야 한다.

벽에서 앞으로 나오자마자 몸이 옆으로 무너졌다. 위기감으로 머리카락이 쭈뼛이 섰다. 그런데 내 팔이 바보 같다는 생각보다는 내 다리가 그동안 참 대견한 거였다는 생각이 들었다.

이렇게 어려운 걸 갓난아기 정연진이 당연한 듯 배웠었다니. 누워서 뒹구는 상태에서도 충분히 먹고, 싸고, 놀 수 있는데, 두 다리로 우뚝 서고, 한 발씩 옮겨보겠다는 아기의 의지는 대단한 거였다. 게다가 걸음마 배우다가 중도 포기한 아기가 있다는 말은 들은 적이 없다. 걷는 행위를 얻기까지 아기들은 평균 일 년을 노력한다. 나도 그 정도는 투자해야지.

그날부터 아주 조금씩 한 뼘, 두 뼘씩 벽에서 떨어져봤다. 여전히 중심을 못 잡고 넘어졌지만, 이번에는 달랐다. 넘어지는 도중에 느낀 어떤 '절대균형' 같은 것이 존재했다. 균형의 존재를 확인했으니, 이제는 다시 찾아오기만 하면 된다.

체육관에서만 연습하는 것으로 부족해서 집안에 깔 안전매트를 샀다. 걸음마 떼는 아기가 있는 집에서 쓰는 놀이방 매트다. 정말 걸음마를 배우던 시절로 돌아간 기분이었다. 그러나 사실 매트가 필요할 정도로 쿠당탕 구른 적은 없다. 적당한 타이밍에 타협하고 탈출하는 것이야말로 어른의 걸음마다. 그러니 갓난아기만큼 빨리 늘지는 않을 것이다. 나는 생업에 종사하는 어른이니 이런 것으로 아기와 경쟁할 수는 없지.

한물간 옛 유머 중에 이런 말이 있다. “물위를 걷는 방법은? 한 다리가 잠기기 전에 다음 다리가 움직이면 된다.” 물구나무 걷기 요령이 바로 그렇다! 한 팔로 버티기 어렵다 싶을 때 다음 팔이, 그 팔로 비티기 어렵나 싶을 때 빨리 아까 그 팔이 앞으로 나가면 된다. 이렇게 번갈아 계속 가는 거다. 물론 말은 쉽다. 초반의 2~4걸음 단계에 발전이 더딘 이유는 겁이 나서 나도 모르게 팔을 뒤로 밀기 때문이다. 전진해야 하는데 뒤로 밀면 당연히 앞으로 나갈 수 없다.

앞으로 나아가면 된다는 걸 알면서도 주저하는 어리석음은 물구나무 걷기에서도 마찬가지로 존재한다. 오동통한 다리로 내디뎠던 아기의 용기를 생각하면서 과감하게 스텝 바이 스텝! 뒤돌아보면 잘 지나왔다 싶을 거다. 그리고 매 스텝마다 나 자신에게 칭찬을 아끼지 말자.

“아이고 우리 어른아기, 우쭈쭈 잘도 걷지!”

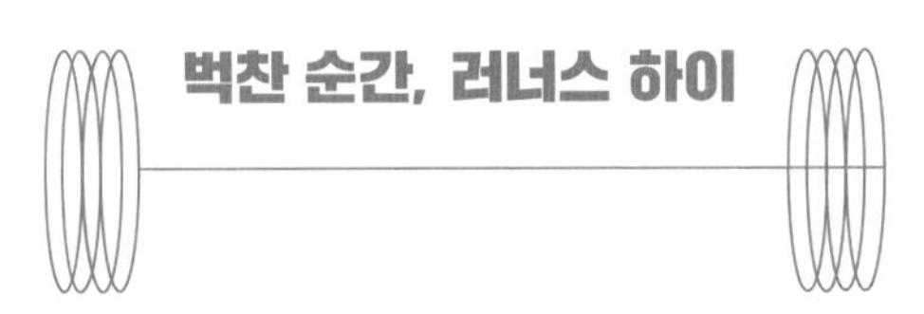

벅찬 순간, 러너스 하이

달리기가 질색인 사람들은 추울 때나 더울 때나 미세먼지 많을 때나 꾸역꾸역 러닝화를 신고 밖으로 나가는 사람들을 보며 이렇게 말한다.

"밖에 꿀단지라도 숨겨놨나?"

쉿! 실은 밖에 숨겨놓은 건 꿀단지가 아니라 신종마약이다. 마약의 이름은 '러너스 하이[※]'.

※ Runner's high, 달리기를 30분 이상 지속했을 때 밀려오는 행복감.

달리기를 본격적으로 시작한 건 건 막 삼십대가 끝나가던 어느 해였다. 수년째 주말을 빼곡히 채우던 맞선 약속들, 그리고 무엇보다도 미혼으로서 잉태의 시계가 점차 끝을 향해 가고 있다는 압박감으로 인해 스트레스가 극에 달한 상태였다.

어느 식사 자리에서 지인이 자신의 이상한 주사에 대해 들려줬는데, 비가 쏟아지던 여름, 잔뜩 취해 새벽 거리를 뛰다보니 다섯 정류장을 이동해 있었다는 이야기였다. 별 감동 없이 듣고 넘겼던 나는 수개월이 지난 어느 가을 저녁, 맥락도 없이 갑자기 그 이야기를 떠올렸다. 그리고 운동화를 찾아 신고 집 앞 산책로로 뛰쳐나가 내가 상상할 수 있는 가장 빠른 속도로 내달리기 시작했다. 아무도 없었다면 아마 소리까지 질렀을지도 모른다. 어스름하게 해 지고 있던 그 회색 하늘은 지금도 생각난다.

나는 멀리 가지 못하고 헐떡이며 멈춰 서야 했다. 쿵쾅쿵쾅 뛰는 심장, 벌겋게 달아오른 얼굴, 전기가 오른 것 같은 목. 이 낯선 현상들은 이상하게도 나를 약간 들뜨게 만들었다. 엄청난 일이 일어나고 있는 것 같은 느낌, 드라마의 서사 속으로 들어간 것 같은 느낌이었다. 나는 이걸 왜 이제야 경험한 거지? 청학동 선비도 아닌데 왜 지금껏 이렇게 마음껏 달려보지 않은 거지?

그때부터 나의 산책 시간 중 달리는 비중이 야금야금 늘기 시작했다. 2분 뛰고 2분 걷기를 반복하다가, 언젠가부터 점점 더 오래 뛰다가 걷게 되었다. 산책로에서 달리는 사람들도 눈에 들어오기 시작했다. 그리고 이 사람들이 대단한 기능성 복장, 마라톤 선수 같은 고글로 무장했을 거라고 생각했던 것도 나의 착각이었다. 대충 딸의 티셔츠를 빌려 입고 나온 듯한 어머님부터 독서실에서 공부하다 나온 듯한 남학생까지, 그들은 각자 자신의 방식으로 달리기를 즐기고 있었다. 당시 내가 특정한 목표를 정해두지 않고 부담 없이 달렸던 건 참 좋은 일이었다. 달리기는 나에게 살을 빼겠다든가, 마라톤 대회에 도전한다든가, 앞서가는 사람보다 빨리 달려보겠다든가 하는 사심이 일절 없는 행위였다.

첫 뜀박질에 대한 인상 때문인지 나는 해 지고 난 저녁에 달리는 것이 좋았다. 해가 뉘엿뉘엿 지기 시작하면 창밖으로 어스름한 하늘을 내다보며, 오늘의 달리기는 나에게 또 어떤 기쁨을 줄지 궁금하고 설렜다.

일기예보를 통해 바깥 기온을 확인한 후, 한 겹 부족한 듯한 차림으로 집을 나선다. 달리기 시작하면 곧 더워지기 때문에 초반에 살짝 추운 게 낫다. 이어폰을 귀에 꽂고 휴대기기에 담아둔 몽환적인 음악을 들으며 달리기를 시작한다.

쌀쌀한 기운이 사라지고 몸이 가뿐해지기 시작할 무렵, 시선을 멀리 보내 어두운 하늘 아래 일렬로 길게 이어진 가로등 빛을 응시한다. 순간 음악 소리가 내 귓속을 벗어나 빛살처럼 주변에 가득 채워지는 것이 느껴진다. 발은 점점 가벼워지고 더이상 바닥의 마찰이 느껴지지 않는다. 지금 이 우주에는 하늘, 땅, 그리고 나밖에 존재하지 않는다. 따스한 미색의 행복감이 실크처럼 온몸을 감싼다.

나의 꿀단지는 늘 달리기 시작한 지 약 15분, 2km 거리 전후에서 나디난다. 한강 다리 조명을 지날 때는 마치 우주정류장에 온 것 같았고, 동물원 둘렛길을 지날 때는 아프리카 초원을 달리는 것 같았다. 상상력이 풍부한 사람은 순간이동도 가능하다. 후덥지근한 여름 낮, 서해 바닷가를 달리면서 산토리니 해변길을 달리는 듯한 체험을 한 적도 있다. 그러나 나는 허황된 이야기를 하는 것이 아니다. 과학자들은 유산소 운동이 오랜 시간 지속되면 뇌에서 엔도칸나비노이드endocannabinoids와 같은 물질이 작용하기 시작한다는 사실을 발견했다. 이름에서 짐작하듯, 이 성분은 사람의 몸에서 대마초cannabis와 비슷하게 작용한다. '달리기는 마약'이라는 말은 과학적 사실인 것이다.

이 합법적인 마약은 아쉽게도 누구에게나 주어지지는 않는다. 러너스 하이는 경험한 사람들만큼이나 한 번도 경험하지 못한 사람들도 존재한다. 러너스 하이 경험담을 들어보면 그

형태도 제각각이며, 허풍 섞인 무용담처럼 들릴 정도로 주관적이다. 러너스 하이를 위한 공식은 없지만, 첫 러너스 하이 체험 확률을 높여줄 몇 가지 공통점들은 발견된다.

- 급한 일이 아무것도 없는 여유 있는 날과 시간을 택하라.
- 바람 좋고, 선선한 날씨를 택하라. 첫 체험은 밝을 때보다는 어두울 때가 더 좋다.
- GPS 시계 등 속도를 확인할 수 있는 휴대기기를 들여다보지 마라.
- 너무 빨라도 안 오지만, 너무 느려서 안 온다. 숨이 차지만 이대로 최소 한 시간은 달릴 수 있을 것 같은 느낌의 속도를 유지하라.
- 최소 12분 이상은 쉬지 않고 달릴 수 있어야 한다. 이 체력이 안 된다면 먼저 기초 달리기 체력을 길러야 한다.
- 가사가 없고 몽환적인 음악을 들으면 더 잘 유발된다. 명상음악이나 '앰비언트', '라운지', '칠아웃' 장르를 추천한다.
- 기회가 된다면 명상을 체험해보라. 분명 러너스 하이와 일맥상통하는 점이 있다.
- 미국 드라마 〈프렌즈〉의 시즌6 제7화 〈The One Where Phoebe Runs〉 편을 찾아서 시청한다. 현자 '피비'가 아이처럼 순수하게 달리는 법을 가르쳐준다.

러너스 하이를 맞아들일 준비가 되었다면, 차가 다니지 않고 주변에 장애물이 없는 안전한 장소를 찾아서, 얼굴은 하늘을 향한 채 눈을 감고 양팔을 한껏 벌린 다음 딱 열 걸음만 걸어보라. 얼굴을 간지럽히는 바람을 느꼈다면, 당신의 러너스 하이 체험은 머지않았다.

언니가 턱걸이 한번 보여줄까?

공원을 지나다보면 데이트하던 연인들이 철봉에 매달리는 모습을 가끔 본다. 꽤 신경쓴 차림에 깨끗한 신발을 신은 남자가 철봉에 매달려 있고, 하늘하늘한 옷차림의 여자가 바라보며 박수를 쳐준다. 이제까지 공원을 숱하게 지나쳐 갔지만, 나는 반대로 턱걸이하는 여자에게 남자가 박수를 쳐주는 장면은 한 번도 보지 못했다. 철봉은 어쩌다가 금녀의 장소가 되었을까.

철봉에 대한 나의 첫 기억은 체력장이다. 아마도 많은 여자 어린이들이 철봉에 매달려본 것이 체력장 '오래 매달리기' 측정 때가 처음이 아닐까? 지구를 기반으로 살아가는 인간들에게, 발이 땅에서 떨어지는 건 원초적 두려움을 자아내는 행위다. 그 두려움을 거스르고 어딘가에 매달리라고 시키다니, 그것도 '오래'.

시간 측정은 발이 떨어지면 시작된다.

"시—작!"

구호가 울리자마자 내 발은 다시 땅에 닿았다. 측정하시는 선생님이 이런 상황에 익숙한 듯 다시 매달려보라고 한다.

시—작, 끙, 뚝.

아까보다는 찰나의 순간이나마 발이 잠시 공중에 있었다. 머쓱해서 선생님을 바라보았다. 나도, 선생님도 이것이 나의 최선인 것을 알고 있었다.

"연진아, 2초로 해줄게. 두번째는 아까보다 잘했으니까."

깔깔 웃던 학우들도 한번 매달려보고는 줄줄이 같은 운명을 겪는다. 시도조차 안 해보면 1초, 그래도 뭔가 노력을 해보면 2초. 다 같이 못하니 속상하지도 않았고, 잘하고 싶지도 않았고, 그후로도 오랫동안 잘할 필요성을 느껴본 적도 없었다. 어쩌다가 TV 재난영화에서 여주인공이 지형지물에 매달려 올라가는 걸 봤을 땐 아득하게 예전 체력장 생각이 나기는 했다.

"에이, 당연히 CG겠지."

아니다, CG가 아니었다. '체력 증진'이라는 애매한 목표를 가지고 사십대 중반 넘어 등록한 크로스핏 체육관에서 그 증거를 내 눈으로 똑똑히 보았다. 슈퍼히어로도 아니고, 어떻게 저게 가능하지? 이십대 중반의 경찰 지망생이던 그녀는 나에게 확신에 찬 얼굴로 말했다. "그냥 하면 된다"고.

이 단순한 마법주문은 내가 스스로 쌓은 벽에 작은 실금을 만들었다. 한시도 주저할 이유가 없었다. 당장 가정용 턱걸이 봉을 구입해 문틀에 달았다. 두 팔을 뻗어 철봉을 잡아보니, 나와 철봉 사이에 우주가 있는 것 같이 아득하게 느껴졌고. 매달리는 것만으로 엄청나게 부담이 됐다. 여느 때 같았다면 내 턱걸이 봉은 아마 한 달 만에 옷걸이로 전락했을 거다.

하지만 나는 경찰 지망생 후배로부터 받은 지극히 현실적인 조언으로 중무장한 터였다. 절대 쉽게 늘지 않을 거라고 했다. 퇴보하지 않는 한은 조금씩 전진하고 있다는 걸 믿으라고 했다. 실제로 첫 한 달 동안은 0.1mm도 꿈쩍도 안 했다. 참으로 지루한 나날이 계속됐고, 무심코 빨래를 걸었다가 이러면 끝장이라는 생각에 화들짝 걷어낸 적도 몇 번 있었다. 이 모든 기다림을 가능케 한 건 후배가 던져준 솔깃한 미끼 덕분이었다.

"언니! 여자도 힘자랑은 신나요!"

세상에는 여러 가지 종류의 자랑이 있다. 돈 자랑, 자식 자랑, 외모 자랑 등. 그런데 대체 힘자랑은 무슨 느낌인 걸까? 그때는 몰랐지만 이제는 어떤 건지 안다. 같은 시도를 한 사람이라면 누구나 공감할 그 과정을, 나는 견뎌냈다는 자랑스러움이다. 다들 못할 거라 했지만 "너희들이 틀렸어!" 하고 뒤통수를 치는 즐거움이다.

후배 말대로 나는 이를 닦듯, 세수하듯 매일 '그냥' 해봤다. 석 달째 접어들자, 조금, 정말 아주 조금 몸이 위로 들려지기 시작했다. 아마 0.5cm도 안 될 것 같지만, 나만 느끼는 상승의 예감이 있었다. 그후로부터, 나와 철봉 사이의 간격은 매일, 매주 점점 가까워졌다.

태어나서 처음으로 중력을 거슬러 내 몸을 움직여보는 체험은 낯설고, 신비로웠다. 너무 신이 나서 집에 돌아와 신발을 벗자마자 제일 먼저 철봉으로 달려간 적도 있었다. 어느 날 내 턱이 철봉의 차가운 표면에 닿았다. 턱으로 내딛는 위대한 첫걸음은 우주를 가로지르는 항해에 성공한 느낌이었다.

세상에 '그냥' 한다고 되는 일이 과연 몇 개나 있겠는가? 인내심에 대해 신뢰를 한 번 갖게 되면, 무엇이든 일단 도전해보게 된다. 그리고 실패하더라도 빨리 툭 털고 일어나 또다른 도전 과제를 찾게 된다. 불가능한 일이 가능한 일로 바뀌는 것을 경험하는 일은 그래서 너무나 소중하다.

나는 한 개를 두 개로, 두 개를 세 개로 빚어갔다. 더 큰 동기를 얻기 위해 '스파이더 얼티밋 챌린지[*]' 대회에 이 년 연속으로 참가해서 전국의 턱걸이 고수 여자들과 경쟁하는 영광도 누려봤다. 꼬부랑 할머니가 될 때까지 턱걸이를 내 일상에서 놓는 일은 이제 없을 것이다.

턱걸이가 가능하게 되고 나서야 나는 우리 동네에 이렇게나 많은 철봉이 있는지 비로소 깨달았다. 철봉은 늘 그 자리에 있었다. 이 세상 성별의 절반만 이용하기에는 아깝다. 동생들아, 언니들아! 일단 한번 매달려보자. 온 세상이 당신들의 도전을 기다리고 있다! 매달리든 흔들어보든 올라가든 '그냥' 해보면 새로운 세상이 펼쳐진다!

[*] 스포츠브랜드 '스파이더'에서 주관하는 체력측정대회. 허들, 턱걸이, 팔굽혀펴기, 버피점프 등을 수행해야 한다.

열린 물속으로

어린 시절, 하늘을 나는 꿈을 자주 꿨다. 아무리 꿈이라도 나름 현실적으로 어렵사리 부양해서 허우적허우적 떠오른다. 요령을 터득하고 나면 일정 고도에 오른 후 그대로 유영할 수 있다. 붉게 물든 석양을 향해 날아보기도 하고, 오밀조밀한 지붕들이 내려다 보이는 마을 위를 날아보기도 했다.

하늘을 나는 꿈은 길몽이라는 의견과 흉몽이라는 의견이 엇갈리지만, 확실한 건 나에게는 늘 기분좋은 꿈이었다는 거다. 깨고 나면 아쉬워 다시 잠을 청할 정도로.

꿈이 아닌 현실 속에서도 하늘을 나는 듯한 체험을 할 수 있었다. 나에게는 '열린 물'이 그런 장소였다. '열린 물'은 '오픈 워터Open Water'를 내 멋대로 번역한 단어로, 실내수영 장소가 아닌 강, 호수, 바다 같은 야외수영 공간을 의미한다. 나는 일반적으로 통용되는 '오픈 워터'라는 말보다 '열린 물'이라는 표현이 더 좋다. '열린 물'은 그대로 읽어서 발음하는 것만으로도 이미 자유와 해방을 느낄 수 있다. 가장 안전하고 간편하게 물을 접할 수 있는 곳은 수영장이기는 하지만, 조금만 큰 동작만 해도 민폐가 되는 좁은 레인, 고개를 들자마자 발에 닿는 차가운 타일 바닥이 있는 실내수영장에서 넓은 하늘을 유영하는 느낌을 얻기란 쉽지 않다.

열린 물을 즐기기 위해 필수적인 것은 수영 능력과 안전조치다. 운이 좋게도 나는 어릴 때 아버지에게 생존수영을 배웠다. 아버지의 생존수영에 따르면, 머리를 수면 위에 유지한 채 헤엄칠 줄 알아야 하고, 물안경 없이도 물에서 당황하지 않아야 한다. 이걸 할 줄 모르면 다른 어떤 영법도 의미 없다고 강조하셨다. 그래서 여름이면 나는 아버지를 따라가서 야외수영장에 소위 '개헤엄'을 배우고, 물속에서 눈 뜨는 연습을 하곤 했다. 사실 어린 나에게는 '재난', '생존' 같은 단어는 크게 와닿지 않았다. 그런 단어들이 절대 떠오르지 않을 정도로 물에서 보내는 시간 자체가 너무 행복했기 때문이다.

나는 그후로 아주 오랜 세월을 물의 행복과 떨어져 살다가, 마흔이 넘어 철인3종에 입문하면서 어린 시절 꿈과 다시 만났다. 다행스럽게도 생존수영 영법은 마치 자전거 타기 능력처럼 내 안에서 사라지지 않고 있었다. 제대로 된 영법을 복습하기 위해 엄청난 경쟁률을 뚫고 새벽 수영강습을 등록했다. 이미 어설프게 자리잡은 영법을 바로잡는 것이 쉽지 않았지만, 좋은 선생님을 만나서 자유형을 정석으로 배울 수 있었다.

나는 수영 동호인들과 따로 만나 50m 길이 수영장에서 장거리 수영을, 그리고 5m 잠수풀에서 슈트를 입고 발에 핀을 끼고 하는 수영을 연습했다. 나의 첫 '열린 물' 데뷔인 '장애인수영 한강 건너기 대회'가 어느덧 다가오고 있었다.

이 대회는 장애인들이 참가하는 대회이기 때문에 안전요원들이 확실하고 꼼꼼하게 배치된다고 한다. 하지만, 해변이나 계곡에서 노는 것과 한강을 완전히 가로질러야 하는 건 완전히 다른 차원이다. 대회가 다가올수록, 나는 '중간점'에 대한 부담감을 떨쳐내기 어려웠다. 계속 가기엔 힘들지만, 되돌아가기엔 너무 멀리 와버린 위치인 중간점.

중간점은 완주할 확률이 높은 지점인 동시에, 포기할 확률도 매우 높은 곳이다. 되돌아갈 거리만큼 앞으로 전진하면 되는 건데, 지쳐버린 몸과 마음은 그게 쉽지 않다. 운동에서도,

인생에서도. 중간점에서 허우적대는데 아무도 도와주러 오지 않으면 어떡하지?

분주한 대회 당일, 자원봉사자, 안전요원, 장애인과 비장애인 참가자들과 가족들로 한강 입수장소가 바글바글하다. 다수의 경험이 있는 동호인 선배가 내 오른쪽에서 속도를 맞춰 건너주기로 한다. 장애인 참가자 그룹의 출발이 진행중인 동안, 우리도 옆으로 입수한다. 회색빛 물이 기분 나쁘게 철썩거리며 강둑에 부딪힌다. 과감하게 풍덩! 3m 정도 전진하다가 자유영 자세를 취하기 위해 머리를 담갔다. 세상에, 물이 이렇게 탁할 수가! 엄청 요란하게 첨벙거리는 소리는 주변에 가득했지만 앞은 몇 미터밖에 안 보였다. 순간 공포심이 밀려와서 어푸어푸 고개를 다시 쳐들었다.

"선배님, 저 못할 것 같아요……."

"숨 천천히 크게 쉬고 조금만 떠 있어봐."

그러는 동안 옆에서는 장애인 참가자들이 자원봉사자 손에 이끌려 한두 명씩 강둑을 떠나고 있었다. 비록 안전하게 구명조끼를 착용하고 있기는 하지만, 회색 물을 보고 느끼는 공포감은 보편적인 것일 텐데, 정말 대단한 용기다!

"저 갈 수 있을 것 같아요. 출발해요!"

일단 나도 어서 강둑을 벗어나자. 손 젓고, 숨쉬고, 손 젓고,

숨쉬고……. 동작을 규칙적으로 반복하면서 머릿속으로는 내내 간사하게 계산했다. 200m만 갔다가 돌아오자, 반만 갔다가 건져달라고 하자, 300m 남기고 건져달라고 하자. 야금야금 가다가 잠시 떠서 둘러봤다. 그런데 출발 장소인 잠실대교 남단보다 목표지점인 뚝섬 선착장이 더 가까워 보였다. 벌써 중간점을 지나버린 것이다!

'중간점의 마법'이라는 게 그렇다. 더이상 돌아갈 수 없다는 사실, 이제는 전진하는 것밖에 다른 선택지가 없다는 사실을 확인하고 나면, 갑자기 없던 힘도 난다. 일단 중간점을 지났으면, 운명은 나에게 완주를 선물로 주기로 결정한 것이다. 이 선물을 받아먹지 못하는 것은 어리석은 일이다. 그제야 주변 광경이 눈에 들어왔다. 출렁이는 수면 너머로 강변의 아파트들이 길어졌다가 짧아지는 모습이 마치 춤추는 것처럼 보였다. 옆에서 올려다보이는 잠실대교가 이렇게 멋있을 줄이야.

"물이 깊을수록 몸이 더 잘 뜬다"라는 선배님의 허풍을 나는 믿게 됐다.

이 경험 이후로 나는 편안한 마음으로 한강 수영 정기훈련에 참가하게 됐다. 열린 물의 매력은 수면에서 노랗게 찰랑거리는 햇빛, 어떤 자세에서도 부드러운 담요처럼 몸 구석구석을 감싸는 물결, 그리고 귀에 느껴지는 물속 먹먹함이다. 좁은 레인과 25m의 규격에 나를 가두지 않고 상어처럼 끝없이 유영하면서, 다리로 보행하는 인간의 성질을 잠시 잊을 수 있는 곳.

'만질 수 있는 공기', 열린 물속으로 뛰어들며 나는 현실에서 하늘을 나는 체험을 한다. 선형으로 움직이는 2차원에서 벗어나 3차원의 세계로 나를 데려가주는 열린 물은 자유, 그 자체다.

지리산 종주 마라톤,
화대종주

누구든 살다보면 각성의 계기가 한 번쯤은 찾아온다. 마치 인생이 “OOO 전과 후”로 나뉘듯이 말이다. 나에게는 그것이 지리산 종주 마라톤인 ‘화대종주 트레일런’이었다. ‘화대종주’란 지리산 종주 코스 중 하나로, 출발지점인 ‘화엄사’와 종착지점인 ‘대원사’의 첫 자를 딴 명칭이다. 오르막과 내리막을 배제한 순수 지도상 거리가 총 46km로, 일반적으로 2박 3일 정도 소요되는 코스이다. 이제 화대종주 뒤에 붙은 ‘트레일런’의 의미가 뭔지 예상이 될지도 모르겠다.

'트레일런'이란 단어 그대로 산악에서 진행되는 마라톤이란 뜻이다. 즉, 화대종주 코스를 달려서 완주하는 것이다.

신기하게도, 늘 내 주변에는 도전을 좋아하는 사람들이 모여 있었다. 아니, 반대로 내가 도전을 좋아하는 사람들에게 자석처럼 끌렸을 수도 있다. 이런 도전 성향의 그룹에 속해 있다 보면 무모함에 대한 판단의 기준이 흐려지곤 한다.

그해 여름, 나는 마라톤 동호회 지인의 솔깃한 스토리에 귀를 기울이고 있었다. 지리산에서 매년 8월 15일을 기해서 산악 마라톤 대회가 열리는데, 그 재미, 풍광, 성취감 등이 이루 말할 수가 없다는 것이다. 〈호빗: 뜻밖의 여정〉 같은 판타지영화를 보면, 어딘가 무엇이 있다더라 하는 막연한 정보를 듣고 난쟁이들이 모닥불 앞에 모여 수군대며 무작정 여정을 준비한다. 그걸 보며 나는 생각했었다.

"어휴, 뭘 믿고 저렇게……."

21세기의 대한민국에 사는 나도 맥주 한잔을 기울이며 수군대다가 결국 그렇게 지리산을 향해 출발한 것이다. 늦은 저녁, 주최측의 버스를 타고 서울에서 전라남도 화엄사까지 이동한다. 이 버스는 참가자들을 내려주고 산 반대편인 대원사로 이동하여 우리들을 기다리게 된다. 완주 제한 시간은 열네 시간이다. 새벽 3시에 출발하여 지리산 최고봉인 천왕봉[해발 1,915m]을 찍고 오후 5시까지 대원사 주차장에 도착해야 한다.

이 대회의 원칙은 '낙오자를 기다려주지 않는다'는 것이다. 참가자들은 각 포인트 지점을 지날 때마다 최소 통과시간을 확인하고, 제한 시간 내에 완주가 불가능할 것이 예상될 때는 지체 없이 탈출 경로로 우회해서 내려와야 한다. 오후 5시를 넘겨 완주한 참가자는 개인적인 교통수단을 이용해 서울로 복귀해야 한다.

남자 네 명, 여자 세 명으로 구성된 우리 무모한 일행 일곱 명, 그리고 전국 방방곡곡에서 모여든 고수 백여 명은 달빛을 받으며 출발했다.

첫 체크포인트인 노고단 대피소까지[7.5km] 해발 1,440m이나 되는 높이여서 급경사가 계속됐지만, 초반이라 힘과 의지가 넘친다. 잠시 쉬면서 김밥으로 아침식사를 대신했다. 준비해 온 행동식 중 가장 무게가 나가는, 그리고 가장 사람다운 식사다. 열네 시간 동안 오르막 내리막을 반복하려면 무게가 나가는 건 모두 부담이 된다. 이후로는 사탕, 에너지젤 등 우주선 식품 같은 보급품으로 연명해야 한다.

후반에 체력이 저하될 것을 감안하여 서둘러 다시 출발했다. 이제부터는 천왕봉까지 약 26km를 계속 능선 따라 이동하기 때문에 오르막만 걷고 평지는 달려야 한다. ‘무모한 대열’에서 잠시라도 뒤처지면 안 되기 때문에, 오로지 앞 사람 뒷모습만 바라보며 바짝 따라붙는다. 주변이 확 트인 곳을 지나는데, 저멀리 사람들이 환호성을 지르며 사진을 찍는다.

“저기가 어디지? 무슨 명소인가봐.”

“일출 구경하는 거야. 그런데 우리는 계속 가야 해.”

그 장소에서 뛰어가는 사람들은 우리밖에 없었다.

나중에 알고 보니 그곳은 삼대가 덕을 쌓아야 볼 수 있다는 유명한 일출 명소였다. 하지만 우리는 계속 가야 했다.

“계속 가야 해”라는 문장을 열네 시간 동안 한 100번쯤 들은 것 같았다. 지리산의 영험한 산줄기, 계곡의 운해 등이 매력적이라는 정보를 들었으나, 내 눈으로는 확인하지 못했다. 내 눈에 담긴 것은 오로지 직진하며 쫓아갔던 앞사람의 종아리뿐이었다. 거대한 백팩을 메고 종주중인 대부분의 등산객들은 참가자 번호인 ‘배번’을 붙이고 분주하게 움직이는 우리 일행을 보고 신기해하면서도 응원해주었다.

“여기도 마라톤이여? 어이구 많이 늦었네. 한참 전에 우르르 지나갔어! 허허허.”

그래. 결론은 또 “계속 가야 해”였다.

8월 지리산은 대한민국 여름의 진수를 알려주는 최적의 장소였다. 후끈한 열기로 가득했고, 언제라도 빗방울이 떨어질 듯 물기를 잔뜩 머금고 있었다. 가만히 머무르면 더 힘들어져서 계속 움직여야 했다. 지리산 능선을 따라 이 길이 저 길 같은 뜬금없는 오름과 내림이 끝없이 반복됐다. 힘듦 다음에 힘듦, 그다음에도 오직 힘듦만이 연속될 때, 나는 어느 선까지 견뎌낼 수 있을까? 이 상황에서 견뎌내야 하는 건 체력이 아니라 마음이었다.

우리 무모한 일행은 연하천대피소[18km], 벽소령대피소[21km], 세석대피소[24km]를 차례로 '찍었'다. 대피소들이 체크포인트가 되는 이유는, 물을 보충할 수 있고, 무엇보다도 대회 진행요원들이 대기하면서 진행 상황에 대해 모니터링하고 참가자들에게 탈출 경로를 안내해주기 때문이다. 아홉 시간을 훌쩍 넘었는데 아직 세석대피소에 있는 우리 일행을 보자 진행요원이 고개를 갸우뚱했다.

"서두르셔야 할 것 같네요."

결국 우리 일행은 세 명과 네 명으로 쪼개지게 되었다. 세 명은 작년보다 좋은 기록에 도전하기 위해 더 속도를 내서 먼저 치고 나갔다. 경험자 가운데 한 사람은 고맙게도 무경험자들 세 명과 남아주었다. 일행을 먼저 보내는 일은 늘 어딘가 서글프다. 먼저 가는 그들은 비장했고, 남은 우리들은 가엾었다.

드디어 장터목대피소32km에 도착했다. 해발 1,750m로 대한민국에서 가장 높은 대피소다. 마지막 목표점인 천왕봉이 정상 주변의 등산객들이 육안으로 확인될 정도로 시각적으로 가까이 보인다. 하지만 우리는 오늘 종일 겪은 경험을 토대로 알고 있었다. 지리산에서는 500m가 500m가 아니며, 가까운 게 가까운 게 아니라는 것을.

시간은 이미 오후 1시를 넘었고, 하산은 세 시간이 예상됐기에 결단을 내려야 했다.

"탈출이다!"

하산길이 편할 거라는 생각은 오산이었다. 나는 살면서 지금까지 산에서 이렇게 끝없이, 끝없이 내려오기만 한 건 처음이었다. 땅으로 내려오는 경로는 온통 삐죽삐죽 튀어나온 돌덩어리가 가득했고, 도무지 끝이 가늠이 안 됐다. 그런 풍경이 너무 비현실적이어서 마치 영화 〈반지의 제왕〉 세트장 같았다. 문명세계로 돌아가는 우리에게 이렇게 마지막 시련을 주는구나. 지리산이 지녔다는 영험한 기운이 뼛속까지 침투하는 것 같았다. 그럴수록 더 서둘러 현실세계로 돌아가고 싶었다. 정말 인정하고 싶지 않지만, 여기는 힘들다고 택시를 부를 수 있는 곳이 아니야. 또 인정하고 싶지 않겠지만, 너는 아직도 한참을 내려가야 해. 갈 수 있어서 가는 것이 아니라, 가야 하니까 가는 것이다.

정면을 보며 내려가는 게 너무 지쳐 몸을 왼쪽과 오른쪽으로 번갈아 틀어가면서 끝없는 하산의 끝을 향해 갔다. 저멀리 약간 다른 형태의 색깔이 어른거렸다.

"아스팔트다! 문명이야!"

"진짜야?"

'화대종주' 대신 '화중종주[38km]'를 마치는 순간이 다가오자 환호를 지를 기운도 없었다. 다리에 힘이 풀려서 그런지 나머지 구간은 연체동물처럼 흐물흐물 내려간 것 같다. 마침내 발을 내디딘 까맣고 반짝거리는 포장도로가 마치 구름 위를 선 는 것 같이 부드러웠다.

중산리 탈출 그룹을 위한 버스는 다행히 아직 대기중이었다. 완주자 도착점인 대원사로 이동해서 먼저 간 선발대와 기쁘게 재회했다. 세 명 모두 어렵사리 완주에 성공했다고 한다. 서울로 복귀하는 버스는 곤하게 잠든 참가자들의 코 고는 소리밖에 들리지 않았다.

지리산에서 돌아온 지 얼마 뒤, 나는 인사동을 지나다가 우연히 가판의 진열대에 꽂힌 사진엽서집을 발견했다. 제목은 『한국의 山』. 별생각 없이 케이스를 열어본 순간 나는 숨을 멈췄다. 운무가 하얗게 내려앉은 세석, 까만 고사목이 펼쳐진 들판, 삼도봉의 일출……. 내 눈으로는 확인하지 못한 채 놓쳐버린 지리산의 풍경이 손바닥만 한 이미지 안에 펼쳐져 있었다. 입 밖으로는 어이없는 헛웃음이 터져나왔지만 목 아래에서는 이유를 알 수 없는 뜨거움이 치받아오고 있었다. 그 끔찍한 여름날을, 나는 다시 그리워하고 있었다. 잘 다녀왔다. 살면서 앞으로 어떤 일이든 나의 지리산 트레일런보다는 쉬울 것이다. 앞으로 뭐든 해낼 수 있을 것 같다.

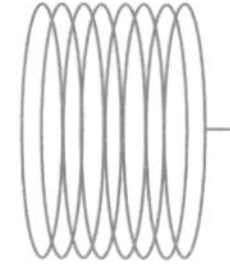

허니문을 오르다

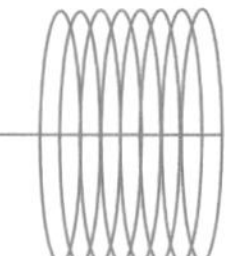

옛 동화에서는 소원을 빌 때 마녀가 가장 소중한 것 하나를 내놓으라고 한다. '등가교환의 법칙'이다. 경제 논리에 따르면, 정당한 등가를 지불한 주인공은 원하는 것을 얻고 행복해져야 한다. 그런데 불쌍하게도 대부분 동화에서 주인공은 파멸에 이른다. 주인공은 후회하며 소원을 다시 되돌려서 소중했던 것을 되찾고 싶어한다. 하지만 되찾은 소중한 것은 예전과 같지 않다. 모든 계약 파기에는 위약금이 있다는 걸 주인공은 모른 것이다.

평생 해오던 피아노를 그만두자마자 내가 시작한 일은 손을 혹사하는 운동이 뭘까 물색한 것이었다. 나는 어릴 때부터 조금이라도 손을 다치게 할 수 있는 모든 행위가 금지되어 있었다. 그러다보니 구기 종목, 줄다리기, 뜀틀 등 웬만한 체육 활동은 모두 열외였다. 이제 그동안 피아노 때문에 못 해봤던 것부터 해보리라. 나는 손을 함부로 굴리고 싶어 굶주려 있었다. 그때 내 정보망에 들어온 것이 '스포츠 클라이밍'이었다.

과연 클라이밍은 손가락을 혹사하는 종목이 맞았다. 기본적으로 어디엔가 손으로 매달려서 이동해야 하므로 손에 엄청난 무리가 오는 운동이다. 클라이밍 운동 후 집에 오면 손목과 손가락이 얼얼해서 밥숟가락을 들기도 힘들었다. 그런데 나는 그런 혹사가 흐뭇했다. 내 몸, 내 손가락을 내 맘대로 한다는 기쁨이자, 일종의 자기파괴적 기쁨이었다. 매일 조금씩 더 시큰거리는 손가락을 붙들고 뿌듯해했다. "세상 사람들아! 내가 이렇게 손가락 함부로 굴리는 것 좀 봐라!"

적당히 파괴적 행위를 즐기다가 그만두려던 나는 의외의 복병을 만나게 되었다. 스포츠 클라이밍 문화가 좋아져버린 것이다. 어딘가 꼰대 같았던 선배들의 행동 속에서 엄청난 배려심을 발견했고, 괴짜 같은 클라이밍 마니아들에 대한 존경심이 뭉글뭉글 생겨나고 있었다. 이 사람들은 내가 더 나은 클라이머가 되기를 진심으로 응원해주고 있었고, 그 와중에 내 실력은 예상치 못한 속도로 발전하고 있었고, 주말마다 자연암장으로 향하고 있었다.

자연암장은 이미 존재하는 지형을 발견해서 '개발'한 곳이다. 유명한 클라이머들이 재밌어 보이는 코스를 발견해서 정복하고, 여러 요소를 고려해서 난이도를 매긴다. 한번 개발된 루트에는 이름이 지어지고, 다른 사람들도 안전하게 도전해볼 수 있도록 앵커가 설치된다. 어떤 루트를 완등 즉, 혼자 힘으로 끝까지 오르려면 단순히 신체적 능력만 요구하는 게 아니라, 퍼즐을 풀듯 여러 방식을 열어두고 연구해야 한다. 특히 강원도 원주의 간현암장은 다양한 루트들이 개발되어 있고, 몇몇 유명한 고난도 루트들이 있어서 주말마다 마치 성지처럼 클라이머들로 북적인다.

자연암장에도 초보가 도전할 수 있는 난이도가 '5.8' 단위부터 있다. 나도 다른 초보들처럼 낮은 난이도 루트에서 소소한 행복을 찾았다. 어려운 곳에 오르느라 사서 고생하고 싶지 않았다. 내 프랄린 박스 안에는 아직 안 먹어본 초콜릿이 가득했고, 천천히 아껴먹고 싶었다. 그런데, 점수에 울고, 점수에 스트레스받는 우리들이지만, 또 우리를 행복감에 젖게 만드는 건 또 결국 점수다. 그놈의 숫자가 뭔지, 나에게 행복을 가져다줄 숫자를 정복하기 위해 나도 결국은 일 년을 바치게 될 줄이야.

나는 차츰차츰 급수를 올려 '5.10c' 난이도까지 바싹 올려붙였다. 제대로 된 운동복도 없고, 평생 야영도 안 해본 안티산악형 인간이 쭉쭉 기량을 끌어올리면서 개조되는 모습을 보자, 가르치는 선배님들도 신이 나 보였다. 그런데, 꿈나무의 성장은 숫자 '5.11d' 앞에서 갑자기 제지당했다.

원래 숫자 뒤의 알파벳 세부등급은 중급인 5.10으로 넘어가서야 알파벳이 붙기 시작한다. '5.11d' 바로 다음엔 상급에 해당하는 '5.12a'가 시작되지만, 실제 난이도와 실력은 엄청나게 차이 난다. 즉, '5.11d'란 "중급 중에는 갑이지만, 아직 상급으로는 인정해줄 수 없는" 등급인 것이다. 'd'는 그 형상처럼 상급으로 올라가는 관문을 상징하고 있었다. 그런데 간현암장에서 유일한 '5.11d' 등급 루트의 이름은 얄밉게도 "허니문".

당시 삼십대의 나는 "대한민국 국민은 누구나 결혼을 한다"라는 것을 전제로 한 대화에서 '신행'이라는 단어를 들을 때마다 움찔했었다. 사실 기혼자들이 만들어낸 모든 은어가 나에게 열등감을 주었다. 5.11d '허니문' 루트를 그토록 정복해보고 싶었던 배경에는 이렇게라도 나만의 '신행'에 다녀오고 싶은 오기도 있었다. 나는 거의 매주 주말마다 강원도까지 왕복 200km를 이동해서 자연암장에서 훈련했고, 주중에는 실내암장에서 부분적으로 이동패턴을 연습했다. 그동안 손가락은 예상대로 망가져갔다. 손과 발을 지지할 수 있는 지점을 '홀드'라고 하는데, 이것은 난도가 높아질수록 더 작아지고, 납작해진다. 발가락은 발레리나처럼 뾰족하게 세워서 끝으로 찍어야 하고, 손가락은 바짝 모아서 돌을 '핀치' 즉, 꼬집어야 한다. 고난도 기술을 수집할 때마다 내 손가락은 비명을 질렀다.

허니문 루트에 도전한 지 7주 차, 비록 완등 전에 추락했지만 '이 느낌'이라는 어떤 암시가 강하게 왔다. 이제 기술은 갖추어졌으며, 나머지는 컨디션 관리 여부에 따라 승패가 결정된다는 의미이다. 다음주에 해내지 않으면 영영 못 오를 거라는 생각이 들었다. 2% 부족한 부분을 채우기 위해 3일 동안 단식을 하고 2kg을 감량했다. 클라이밍 코치님에게 전화를 걸어 말했다.

"저, 이번주 일요일에 신행 갑니다!"

전날은 싱숭생숭한 정신으로 밤잠을 설쳤다. 간현암장에 도착하니 오늘따라 허니문 루트에 도전하려는 사람들이 많은지, 스타트 지점 뒤로 물건이 최소 열 개는 놓여 있었다. (암장에서는 순번 표시를 위해 소지품을 대기 줄에 놓는다.) 허니문 루트에서 몸풀기나 재시도를 할 수 없다는 뜻이다. 첫판에 끝내야 한다. 그때부터 나는 명상을 하기 시작했다. 눈을 감고 손과 발로 허공을 더듬으면서, 머릿속에서 달달 외우고 있는 순서대로 가상으로 허니문 루트를 올랐다.

'나는 몇 달 동안 이 곡을 준비했어. 일단 무대에 오르고 연주를 시작하면 마지막 코드가 울릴 때까지 물은 계속 흐르는 거야.'

결국 내가 의지한 건 피아니스트로서의 옛 기억이었다.

긴 대기 끝에 내 차례가 돌아왔다. 허리 확보줄을 묶고 손에 초크를 묻히니 건너편 유원지에서 거나하게 취한 행락객들이 노래방 기계를 켜고 고성방가를 시작한다. 옆 루트에서는 초보 등반자 하나가 무서워 하강을 못 하겠다고 소리를 지른다. 코치님이 확보 장비를 채우면서 "하던 대로!"라고 소리친다. 출발! 그러고는 필름이 끊겼다.

얼마 후 고장난 라디오에 전원이 들어오듯 갑자기 멀리서 목소리가 들렸다.

"연진아! 침착하게!"

으악! 내가 지금 어디까지 온 거지? 나는 어느덧 허니문 루트에서 가장 어려운 고비 두 개를 넘기고 완등 지점 직전까지 진행해 있었다. 이제부터는 절대 떨어지면 안 된다! 신중하게 최종 앵커에 확보줄을 걸고 소리쳤다.

"완료! 하강!"

지금 생각하면 정말 묘하다. 출발해서 11m 높이 앵커까지 오르는 동안 무슨 생각이 들었는지 전혀 기억이 나지 않는다.

너무 고요해서 물 한 방울만 떨어져도 온 세상이 진동할 듯한 검고 깊은 호수 속에 있다가 수면으로 떠오른 듯한 느낌이었다. 이 느낌은 그후로 다시는 찾아오지 않았다. 인간이 어딘가 지독하게 몰입하면 이런 상태까지도 갈 수 있다는 걸 한 번쯤 체험한 것으로 족해야 했다.

고생 끝에 상급으로 가는 문을 열었지만, 나는 결국 문턱에서 클라이밍을 내려놓았다. 나는 동호인 상급 클라이머들의 삶을 안다. 머릿속에서 바위가 뱅글뱅글 도는 삶, 끼니 대신 아몬드 알을 세어 먹는 삶, 관절염으로 손가락 마디들이 울퉁불퉁해지는 삶. 그 열정을 정말 너무도 존경하지만, 나는 그 삶을 살 자신이 없었다. 지금 돌아보면, 열 손가락 관절을 모두 제물로 바치기 전 "아…… 잠깐만요!"라고 제동을 건 것은 참 다행이었다. 후일 역도 할 때 손가락이 큰 비중을 차지하게 되었으니 말이다. 하지만 나의 열 손가락 중 왼손 넷째 손가락은 고스란히 위약금으로 바쳐졌다. 지금도 바벨로 무거운 무게를 많이 들었거나 피아노에서 넓은 코드를 많이 친 날은 어김없이 넷째 손가락 관절이 퉁퉁 붓는다. 손가락 부상은 내가 평생 안고 가야 하는 숙명이 되었다.

참 묘하게도, 눈을 감고 무아지경으로 올랐던 그때 그 깊고 검은 고요한 호수를 떠올릴 때면 자동으로 왼손 넷째 손가락에 찌릿한 반응이 온다. 5.11d 레벨과 맞바꾼 나의 어리석음을 상기시키는 걸까, 아니면 나머지 아홉 손가락은 보전해준 것에 대해 고마움의 신호를 보내는 걸까? 아무튼 5.11d 레벨의 교훈은 “자기파괴는 어리석다”는 것이었다. 하지만 나는 과거로 돌아가면 또다시 손가락을 제물로 바쳤겠지. 교훈이란 늘 사후에 얻어지는 법이니까.

뜬금없는 숫자 예찬 같지만, 나는 숫자에 신비한 힘이 있다고 믿는다. 과학과 기술이 극도로 발달한 21세기를 살고 있지만 어쩌면 그럴수록 한쪽 구석에 몰래 나만의 유사 과학을 추구하고 싶은 심리가 있는 것 같다. 불길한 숫자나 행운의 숫자 존재는 믿지 않지만, 나에게 마법 같은 힘을 주는 숫자는 있다. 바로 '100'이다.

인류와 문화를 막론하고 간절한 소망에 관한 이야기에는 보편적으로 끝자리 '0' 숫자는 단골처럼 등장했다. 백일 동안 쑥

과 마늘만 먹은 웅녀의 신화부터 시작해서 "열 번 찍어 안 넘어가는 나무 없다"라는 속담, 불교의 삼천 배까지. 이 숫자들이 모두 100% 선조들의 경험에서 나왔는지는 모르겠지만, 후세에게 이 정도 노력과 정성을 들여야 바라는 일이 이루어진다는 메시지를 전달하고 싶었던 것 같다.

나의 간절한 소망은 '링 머슬업'이었다. 링 머슬업은 링에 매달린 다음 링이 명치까지 오도록 상체를 끌어당겨 '딥' 자세를 만든 후 팔을 곧게 펴는 기술이다. 체조 선수들에게는 동작에 들어가기 전 준비 단계에 불과하지만, 나에게는 실현 불가능해 보이는 거대한 산이었다. 즉, 못해도 주관적으로나 객관적으로나 충분히 용서되는 그런 기술이었다. 그런데 나는 이게 그토록 하고 싶었다. 굉장히 냉소하고 실리적 성향인 내가 나의 본능을 거스르고 탐한 대상이 몇 개 안 되는데, 그중 하나가 링 머슬업이었다.

당연히 처음에는 정도定道를 밟았다. 유튜브도 찾아보고, 일 년여간 주 1회 체조 체육관 수업도 들어봤다. 늘 가능성은 있지만, 5% 부족한 듯한 실패로 끝났다. 이런 체조 동작은 변명이 구구절절 달린 조건부 성공이라는 게 없다. 역도처럼 "73kg은 실패했지만 70kg은 성공" 같은 결과도 없다. 그저 "할 줄 아는 사람"과 "못하는 사람"만이 구분될 뿐이다. 나는 링 머슬업 할 줄 아는 사람이 되고 싶었다. 흑마술을 불러낼 때가 왔다.

처음부터 무지막지하게 "100개!"를 외친 것은 아니었다. 30번 해도 되지 않았고 50번 해도 되지 않아서 계속해서 숫자를 이어나가다보니 100번이 채워진 것이다.

"설마 100번 하면 안 되겠어?"

내가 말해놓고도 스스로 나를 믿지 못했지만, 정말로 그 자리에서 100번의 연습을 끝낸 후의 나는 확실히 전과 달라져 있었다. 어떤 알 수 없는 영검한 기운이 나를 감싸는 기분이었다. 여전히 나의 링 머슬업은 완전하지 못했지만. 애매한 개수로 연습을 끝내고 집으로 돌아가면서 "혹시 몇 번 더 했으면 성공했을까?" 했던 조급함이 사라지고 평화가 왔다.

처음 마법을 써보는 마법 수습생처럼 신이 나서 바로 다음 날부터 〈THE 100 프로젝트〉를 시작했다. 경험이 축적되면서 점점 노하우가 늘었다. 늘 100번을 채울 수 있는 시간과 힘이 있는 것은 아니기 때문에 필요에 따라서는 쉬운 동작 또는 부분 동작으로 난이도를 조정했다. 어려운 동작과 쉬운 동작을 교차해서 1:4 비율로 조정하는 것도 여러 방법의 하나다. 중요한 건 '100'이라는 마법을 수호하겠다는 다짐이다. 점차 자신이 붙으면 '0'을 하나 더 붙여서 '10일 동안 1000개 하기' 또는 '한

달 동안 1000개 하기' 등으로 확장할 수도 있다.

'100'의 마법을 수행하면서 점차 나는 숫자 '0'의 존재 이유에 대해 깨달았다. 그 정도 노력해야 이루어지기 때문이 아니라, 이루어지지 않을까봐 불안한 마음 때문에 100은 필요했던 거다. 질적으로는 99번이나 100번이나 차이가 없는 게 맞지만, 한 번을 더 채우는 이유는 소망을 추가하고 싶기 때문이다. "신이시여, 여기를 한번 봐주세요" 하고 나의 지극한 정성을 표시하고 싶은 마음이었다.

그후로 100의 마법은 내 삶의 만능 처방이 됐다. 무엇인가 좀처럼 풀리지 않는 일이 있다면 "우선 100번을 해보자" 하고 외친다. 모든 일이 다 성공하는 것도 아니고, 100을 채우는 동안 다 해결되는 것도 아니다. 하지만 적어도 1에서 100까지 채워가는 그 과정 동안 나는 마음의 위안을 얻는다. 결국, 최종 목표는 '행복'인 것이다.

나의 링 머슬업 도전은 어떻게 됐냐고?

물론 성공했다. 하지만 그건 더이상 중요치 않다.

나는 이제 백[100] 마법을 부릴 줄 알게 됐으니까!

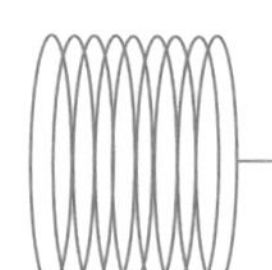

공포의 2000m 테스트

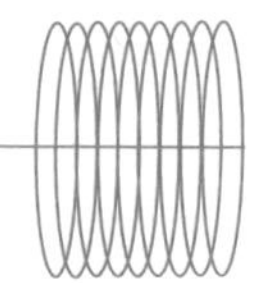

육상이나 로잉처럼 시간으로 경쟁하는 스포츠 종목은 100m부터 42.295km까지 다양한 거리가 있다. 거리에 따라 각기 다른 특징이 있겠지만, 오직 고통스러움 기준으로 1순위를 꼽으라고 하면 단연 2000m다. 2000m 훈련은 장거리 대회 며칠 전에 속도 감각을 깨우기 위해 실시하거나, 4~8주 정도 간격으로 근지구력 측정에 활용된다. 그렇다면 왜 하필 2000m일까? 오랜 기간 현역 선수와 동호인을 지도해온 한 마라톤 코치의 말에 따르면, "죽을 만큼 달려도 죽지 않는 거리"이기 때문이라고 한다. 100m는 너무 짧아서 변수가 많다. 400m는 '100m의 요령 피우기 버전'이다. 반면 2000m는 꼼수를 부릴 수 없는 거리다. 2000m에서는 근력, 지구력, 정신력, 눈물, 콧물, 침까지 다 탈탈 털어 테스트할 수 있다.

2000m 측정 요령은 간단하다. 출발할 때부터 오버페이스로 시작해서 끝까지 그 페이스를 유지하면 된다. 육상의 경우, 400m 트랙을 정확히 다섯 바퀴 돌아야 하므로, 일단 한 바퀴까지만 염두에 두고 뛰쳐나간 다음 그 속도로 네 바퀴를 더 반복한다. 화려한 전략도 없고, 타협할 여지도 없다. 한 바퀴를 끝내고 원점을 지나갈 때 구간 기록을 누르기 때문에, 속도가 뒤처졌다면 금세 티가 난다. 그렇다고 첫 바퀴부터 늑장을 부리는 건 더 티가 난다. 페이스가 비슷한 주자 서너 명을 한 조로 묶어 출발시키는데, 마치 육탄전 직전의 스파르타 군대처럼 전투태세를 한껏 고취해놓기 때문에 다들 (속아서) 호루라기 신호가 떨어지자마자 용수철처럼 튀어나간다.

무념무상, 눈을 부릅뜨고 벽돌색 트랙 바닥에 그어진 하얀 선에만 시선을 고정한 채 팔만 앞뒤로 세차게 흔든다. 앞으로 고꾸라지기 싫으면 다리는 알아서 쫓아온다. 내 생애 2000m 러닝 최고 기록은 9분 18초다.

실내 로잉머신에서도 2000m 측정이 자주 이루어진다. 러닝과 속도 대비 체감 부하가 비슷하기 때문에 러닝과 동일한 인터벌 프로그램을 공유한다. 로잉머신을 처음 접하는 사람은 러닝머신보다 쉬울 거라는 생각을 하곤 한다. 왠지 자리에 앉아서 운동하는 건 힘들지 않을 것 같다고 상상하는 것 같다. 그렇다면 노예들이 갤리선 바닥에 앉아 노 젓던 영화 장면을 떠올리면 된다. 앉아 있다고 덜 힘들어 보이던가? 현대의 로잉머신도 마찬가지다. 트랙 러닝이 누군가 심장을 두들겨 패는 것 같다면, 로잉은 발끝부터 머리까지 온몸을 두들겨 패는 것 같다.

2000m 로잉은 일종의 '훈련을 위한 훈련'이다. 2000m 측정을 수행하는 사람은 아마도 200m, 500m, 1000m 등 다양한 인터벌 훈련을 앞서 이미 진행했을 것이다. 이제 프로그램 수행에 대한 성적표를 받는 날이다. 6주 간격으로 몇번째 시험대에 오르고 있지만, 로잉머신에 앉아 대기하면서 계기판의 00:00:00 숫자를 바라보면 벌써 뒤통수가 쭈뼛이 선다. 이 고통을 알면서도 또다시 로잉머신에 앉은 마음이 복잡하다.

내가 로잉 2000m 측정 때 항상 듣는 음악은 〈라흐마니노프 피아노 협주곡 2번 1악장〉이다. 이 곡은 암울한 분위기의 저음 코드가 마치 카운트다운처럼 여덟 번 울리고 나서 넘실대는 물결 같은 음들로 시작되는데, 라흐마니노프가 생전에 조정 스포츠를 즐겼나 싶을 정도로 노젓기 동작과 박자가 아주 잘 맞는다. 고전음악곡들은 구도가 구체적이기 때문에 곡의 흐름만으로 시간대를 파악할 수 있다. 이를테면 1000m도 못 왔는데 벌써 클라리넷 솔로 파트가 나오면 경고 신호다. 7분 30초부터는 전신에 젖산이 꾸덕꾸덕 쌓이고 숨도, 멘탈도 한계에 온다. 이 구간만큼은 모든 음을 솜털까지 달달 외우고 있다. 7분 50초대부터는 음 하나하나가 다 꼿꼿하게 일어나서 광란의 춤을 춰서 안 외워질 수가 없다. 나의 2000m 로잉 최고기록은 8분 4초이다. 로잉 7분대 목표를 이루지 못한 채 코로나가 닥쳤다. 원통하다.

사실 기록 경신을 결정적으로 좌우하는 건 마지막 1분이다. 물론 지난 몇 주 동안 계획대로 성실하게 인터벌 프로그램을 수행했다는 전제다. 가장 괴로운 1분이 지속되는 동안 이번 판은 망했다고 판단하고 싶은 유혹이 콧잔등 위를 어슬렁거린다. 자화자찬 같지만, '업'에 대한 사명감 없는 동호인이 본인 의지로 언제든 중단할 기회를 마다하고 1분간의 지옥행을 선택한다는 건 대단한 일이다.

막판 스퍼트를 내기 위한 수단은 여러 가지가 있다. 나 같은 경우는 배경음악의 영향을 많이 받기 때문에 음악을 통해 스스로를 압박하곤 한다. 아니, '협박'이라는 표현이 더 적절할 것이다. 클래식 곡들, 특히 피아노곡의 장점은 3~5분짜리가 대부분인 대중음악과 달리 1분 이하부터 30분 이상까지 곡의 길이가 엄청나게 다양하다는 점이다. 나는 먼저 목표 기록 시간을 정한 후, 이 시간에 최대한 근접한 곡을 고른다.

음악을 통한 압박은 특히 로잉 500m 특정 때 진가를 발휘한다. 한번은 1분 40초 이하 기록을 끊고 싶어서 딱 1분 39초 길이의 음악을 선곡한 적이 있다. 예전에 쳤던 곡이라서 첫 음부터 마지막 코드까지 속속들이 알고 있기 때문에 타이머가 따로 필요 없었고, 곡을 칠 때의 흥분이 그대로 올라오기 때문에 매우 적절한 전투 음악이었다. 완벽한 세팅과 함께 힘차게 출발했지만, 1분을 지나자 역부족인 것이 예감됐다. 안 돼! 음악 없이는 로잉을 탈 수 없어!

좀처럼 채워지지 않는 거리 표시를 보며 있는 발버둥을 쳤지만 음악은 끝나버렸고 결국 나는 고요 속에 5초를 더 당기고 끝났다. 모든 드라마틱한 장치가 사라진 조용한 곳에서 혼자 씩씩대며 로잉 손잡이를 당기고 장렬하게 쓰러지는 어색함은 너무 이상하고 찝찝함 경험이었다. 이후로 나는 다시는 빠듯한 길이의 곡을 고르지 않았다.

그렇다면 이 난리통을 감수하고 왜 2000m인가? 정말 고통스럽지만, 효과만큼은 확실하기 때문이다. 한마디로 "심폐를 틔워"준다. 신기하게 속도가 쭉쭉 올라가고, 같은 속도로 가도 덜 지친다. 마치 '업그레이드' 클릭 한 번으로 향상된 실력을 거저 얻는 기분이다. "아 힘들어, 다신 안 해!" 하고 두고두고 치를 떨던 마음은 날아갈 듯한 퍼포먼스를 경험하는 순간 뒷전으로 밀려난다. 그리고 고통의 기억이 희미해질 때쯤, 다시 업그레이드란 은총을 받으러 돌아온다.

고통이 클수록 수확이 크다는 법칙이 얄밉고 야박하지만, 결과를 한 번 맛본 동호인은 그 고통을 알면서도 4주 후에 다시 타이머를 00:00:00으로 맞추게 되는 것이다.

"살면서 10분 정도는 지옥에 다녀올 수 있잖아?"

이단뛰기 할 줄 모르시는 분 있나요?

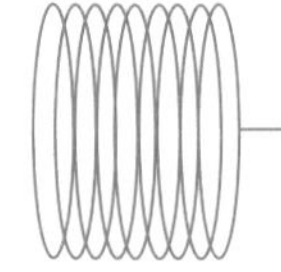
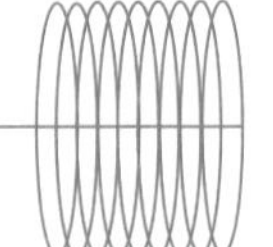

어릴 때 익히지 않으면 어려운 것 몇 가지가 있다. 자전거 타기, 수영, 악기, 언어 등. 부모도 이런 점을 감안해서 아이들의 머리가 굳기 전에 서둘러서 이런 것들을 가르쳐놓는데, 우리집 역시 예외가 아니었다. 자전거 타봤고, 수영 배웠고, 악기는 치고, 불고, 그어봤고, 영어도 배웠고. 자, 빠진 거 없지? 이대로 늙으면 된다. 아무 걱정 없이 마흔까지 직진!

그러던 나는 무슨 호기심에서인지 '크로스핏'이라는 종목에 도전해보게 된다. 크로스핏은 유산소와 근력운동을 다양한 조합으로 결합해서 하는 운동으로, 단기간에 체력을 끌어올리기에 아주 좋다. 그룹 수업 형식이라서 30분 정도는 코치가 동작을 가르쳐주면서 간단한 준비운동을 진행하고, 나머지 30분 동안은 그날의 조합을 수업 참가자들이 다 같이 실시한다.

바벨도 들어보고, 나무 박스 위에서 점프도 해보고, 철봉에도 매달려보고, 로잉도 타보고. 아하하. 안 해봤던 것들이라서 다 재밌다!

어느 날 코치가 오늘은 줄넘기를 할 거라고 했다. 참가자들이 쪼르륵 벽에 걸린 줄넘기를 하나씩 집어왔다.

"더블언더 할 줄 아시는 분?"

절반 이상이 손을 든다.

"자, 할 줄 아시는 분은 뒤쪽에서 워밍업하시고, 못하시는 분들은 앞으로 나오실게요."

어리둥절한 표정으로 앞쪽에 모인 사람들 앞에서 코치가 시범을 보인다.

"잘 보세요. 높이 뛰면서 한번 점프에 줄을 두 번 돌리는 겁니다. 빠르게 찹찹!"

"아, 이단뛰기?"

"쌩쌩이네요."

우리 중 또 절반이 뒤로 빠져나갔다. 뭐야, 이거 다들 할 줄 아는 거야? 일단 해보기 전에는 모르는 것이니 나도 시도해봤고, 당연히 되지 않았다.

"자, 그럼 안 되는 사람은 그냥 한 번 넘는 싱글언더 줄넘기 100번, 나머지 되시는 분들은 더블언더 50번 실시합니다!"

사방에서 가느다란 줄들이 빠르게 바람 가르는 소리가 가득찼다. 붕붕붕붕붕. 말벌떼처럼 울리던 더블언더 소리는 20초 정도 지나니 하나둘씩 잦아들고, 어느덧 실내에는 아직 싱글언더 100개 채우는 둔탁한 소리만 남았다.

툭, 툭, 툭, 툭…….

주변을 둘러보던 나는 슬쩍 줄넘기를 멈췄다. 무안하고 쓸쓸해서 이어나갈 수가 없었다.

대체 이게 그렇게 어려울 일인가 싶어서 수업 끝나고 구석에서 줄넘기를 잡고 다시 시도해봤다. 천천히 한 개씩 싱글, 싱글, 싱글, 싱글, 싱글…… 더블!?

빠른 속도에서 발에 걸린 줄은 정강이에 선홍색 채찍 자국을 휘갈겼다. 정신이 번쩍 들었다. 사십오 년을 살면서 가느다란 줄로 이렇게 세게 맞아본 건 처음이다. 지나가던 회원이 "체육 수행평가 때 안 해보셨어요?"라고 묻는다. "중학교 때 다들 목숨 걸고 했어요."

아하, 대한민국 체육 교육이 이렇게도 기여를 하는구나. 초등학교와 예술 계열 중고등학교에 다니는 동안 체육시간 내내 열외였던 나는 대체 체육시간에 뭘 배웠는지 떠올려보려 했지만, 정말 거짓말처럼 기억나는 게 하나도 없었다. 괜찮아. 지금부터 하면 되지 뭐.

한 달 정도 지나자, 나는 한 번 뛰면서 줄을 두 번 돌리는 게 쉬운 일이 아니라는 현실을 마주해야 했다.

나와 같이 더블언더 연습을 시작한 다른 회원들은 하나둘씩 성공해서 졸업했다. 또다시 나만 남았다. 요령만 알면 할 수 있다더니, 아니었다. 바벨, 덤벨, 철봉, 박스 뛰기 등 다른 종목들은 모두 실력이 향상되었건만 유독 더블언더만 제자리였다. 지켜보던 사람들도 안타까웠는지 지나가면서 다들 한마디씩 팁을 공유해줘서 내가 수집한 더블언더 요령만 스무 가지를 넘겼다. 혹시나 하는 마음에 사람들이 용하다며 추천하는 줄넘기 제품을 사들이다보니 내 운동용품 서랍은 줄넘기 박물관이 됐다. 감을 잃지 않으려고 줄을 짧게 자른 줄넘기 손잡이를 가져가서 출장길 공항 대합실 구석에서 돌리기도 했다.

초조해졌다. 줄넘기가 나한테 왜 이렇게 구는지 알 수가 없었다. 나로 말할 것 같으면 외국어를 듣고 동시에 다른 언어로 말하기가 업인 사람이다. 피아노를 왼손으로 6잇단음표 치면서 동시에 오른손으로 11단음표 치는 사람이란 말이다. 그런데 왜!

한 번 뛰면서 동시에 손목 두 번 돌리는 건 안 되는 것인가.

나는 원래 소질이 없는 종목은 육 개월 이상 붙들지 않는다. 그런데, 짜증나서 포기하고 싶을 때마다 이상한 계기가 발생해서 나를 다시 끌어당겼다.

"이번 크로스핏 대회 같이 나가봅시다. 더블언더만 어떻게 좀 해봐요."

"이번 대회 두번째 워크아웃 나왔는데, 더블언더 들어가는 조합이야."

요리조리 피해도 더블언더는 매번 내 발목을 잡았다. 다른 수가 없었다. 안 되는 건 2배 연습, 그래도 안 되면 3배, 또 4배로 하는 수밖에. 나는 체육관에 들어서자마자 무조건 더블언더로 모든 운동을 시작했다. 눈으로 바닥에 2x2m 네모 칸을 상상하고 나서 다짐한다.

"나는 200개 채우기 전에는 이 네모 칸에서 나가지 않는다."

너무 오래 걸릴 때는 짜증도 났지만, 나와의 약속을 어기고 싶지 않았다.

다섯 개 건너 한 번씩 발에 걸리던 게 스무 개, 서른 개로 늘어났다. 증가 속도는 여전히 느릿느릿했다. 다른 종목에서처럼 한 번 기초를 다진 후의 기하급수적 성장은 더블언더에서는 통하지 않았다. 나는 사실 늦은 나이에 언어를 배우는 사람들이 실력이 빨리 느는 방법을 원할 때, 훈계하듯 말하곤 했다.

"무슨 수를 써도 시간은 앞당겨지지 않아요."

때론 온전한 순서를 거치지 않고 지름길만 찾는 그들이 한심하게 느껴지기도 했다. 그리고 집에 가서 서랍에 한가득 또아리를 틀고 있는 고가의 'Made in USA' 줄넘기들을 바라본다. 지금 누가 한심한가?

더블언더와 관해 적어도 두 가지는 증명됐다. 첫째, 확실히 어릴 때 안 한 걸 배우려면 오래 걸린다. 둘째, 나는 타고난 몸치가 맞다. 교훈도 있었다. "초조한 초보자들에게 사랑을." 당신도 언제 어떤 분야에서 성장 더딘 초조한 초보자가 될지 모른다.

우리 아파트 편지함에는 줄넘기가 들어 있다. 지금도 조깅하고 들어올 때, 외출 후 귀가할 때 편한 신발을 신은 날은 어김없이 1층 현관 편지함에서 줄넘기를 꺼내서 우레탄 바닥이 있는 놀이터로 간다.

내가 질문자들에게 조언한 것을 똑같이 실천하기 위해서다.

"언어는 밑 빠진 독이에요. 계속 부어주지 않으면 언젠가 뚜껑 열어보면 다 빠져나가고 없을 거예요."

3

근육형
할머니로 나이들기

손절의 달인

손절 損切

1. 명사 경제 앞으로 주가가 더욱 하락할 것으로 예상하여, 가지고 있는 주식을 매입 가격 이하로 손해를 감수하고 파는 일.

더욱 더 큰 이득을 선택하는 것이 인간의 본성임에도 불구하고, 손절은 쉽지 않은 일이다. 냉정한 손절이 쉬웠다면 왜 주식시장은 그렇게 애환으로 가득찼는가? 삶에서 '손절'이라는 단어를 쓸 정도이면 꽤 애정을 기울이고 오래 지니고 있었던 대상이었을 가능성이 높다. 손절은 도마뱀처럼 내 몸뚱이 일부를 잘라내고 앞으로 전진하는 것이다. 손절의 핵심 목표는 바로 '전진'이다.

내 인생에서 가장 큰 손절은 피아노를 그만두는 일이었다. 무려 이십오 년간 내 삶의 전부였던 존재를 떼어놓는 작업이었다. 물론 단칼에 잘라내지는 못했다. 몇 번의 시도, 몇 번의 실패, 그리고 그 횟수의 몇 배가 넘는 빈도로 후회가 찾아왔었다. 중학교 때 한번은 부모님이 "피아노 그만두려면 저 악보들도 다 불태워버리고 끝내라"고 하신 적이 있었다. 부모님께선 설마 내가 악보까지 태우지는 못할 거로 생각하셨던 모양이다. 음악인에게 악보는 일기장 같은 의미다. 나는 말없이 악보들을 싸들고 나가서 당시 집 마당에 있던 바비큐 화덕에 불을 붙였다. 불이 잘 안 붙었다. 바비큐는 결국 실패였고, 피아노 손절도 실패였다. 나의 책장에는 아직도 한쪽 끝이 그을린 바흐 〈평균율〉 1권이 꽂혀 있다.

모두 일반화할 수는 없으나, 손절 후의 충격은 붙들고 있던 시간에 비례하는 것 같다. 지금까지의 시간을 의미 없게 만들어버리는 것, 실패를 인정하는 것은 언짢은 과정이다.

피아노를 그만두고 한참 닥치는 대로 회사 면접을 보러 다닐 때, 웬일인지 연락을 해주는 회사가 있었다. 면접 담당 직원의 반응이 썩 긍정적이지 않아 큰 기대를 하지 않았던 나는 기쁜 마음으로 소위 '심층면접'을 보러 주어진 주소로 찾아갔다. 주소지인 어느 와인 바에는 사십대 후반의 부장이 앉아 있었다. 이력서들을 넘겨보다가 음대 이력이 특이해서 더 깊이 만나보고 싶었단다. 이건 아닌 것 같지만 뭐라 콕 집어 거부할 수 없어 밤늦도록 술자리를 지켰던 사회초년생인 나는, 집으로 돌아오던 길에 라디오에서 나오는 피아노 선곡을 듣고 주저앉아 펑펑 울었다. 내가 마지막 학기에 치고 있던 라벨의 〈물의 요정 Ondine〉이었다.

"피아노는 왜 그만두셨어요?"

나는 이 질문을 면접 자리에서 정말 자주 들었다. 정해진 시간 안에 나의 자질을 파악하려는 목적인 자리이기에 당연한 질문인지도 모른다. 어떻게든 나의 면을 살리면서 타당한 이유를 대야 했기 때문에, 처음에는 긴 설명을 늘어놓곤 했다. 독일 음악계는 이랬는데 한국에 들어오니 이래서 이 바닥은 이런 상황이었고…… 구질구질한 스토리를 들려주고 나면 면접관 얼굴에는 지루해하는 티가 역력했다. 하지만 그 자리에서 내가 말하는 내용 하나하나가 평가의 대상이 되었기 때문에, 답답

한 설명이 될 것을 알면서도 나의 설명, 아니, 변명은 늘 조심스러웠다. 그런데, 시간이 지나면서 나는 점차 나의 손절 결정에 대해 자신감이 생겼다. 잘한 결정이었다는 생각이 진심으로 들었기 때문이다. 또다시 던져진 질문에 나는 답했다.

"너무 못 쳐서요."

내 목구멍까지 차올라 있던 헛헛함이 그 시점 이후로 마법처럼 쑥 내려갔다. 헛헛함을 잠재우고 나니, 그뒤로 손절이 점점 쉬워졌다.

운동이라고 다를 게 없었다. 나는 수많은 운동들을 갈아치웠다. 남들이 아무리 재미있다고 손을 잡아끌어도, 효율이 안 오른다 싶으면 아주 시원하게 중도 포기했다. 스키가 그랬고, 주짓수가 그랬고, 스포츠댄스가 그랬다. "한 시즌만 더 해보면 익숙해질 거다" "아직 개념이 안 잡혀서 그런다"는 말에 주저할 때도 있었다. 하지만 이게 '꾀부리기'인지, '남은 인생에 투자하기'인지는 스스로가 제일 잘 안다. 그리고 그 결정이 옳았음은 손절 뒤에 떠오르는 흐뭇한 미소를 통해 확인할 수 있다.

잘 탈출했다는 생각이 들 때 빨리 다음 프로젝트를 시작해야 하는 게 중요하다. 손절하고 전진이 없다면 그건 손절이 아니었던 것이다. 세상은 넓고 할일은 나를 기다리고 있다. 더 나은 대안은 항상 있다. 앞으로 남은 시간은 너무도 소중하다. 비록 단 하루만 나에게 주어졌다 하더라도 말이다. 무엇이든 닥치는 대로 시작하자. 그리고 시원하게 작심삼일 하자.

반토막 난 금융상품을 싹둑, 부질없이 붙들고 있던 S 사이즈 미니드레스를 싹둑, 미래 없는 박사 논문을 싹둑, 시체 같았던 애정 관계를 싹둑.

나, 손절의 달인은 이렇게 또 전진한다!

슈투트가르트의 우편배달원

독일의 대학생들은 검소하기로 유명하다. 어떤 사회학자는 "일생에서 가장 궁핍한 시기"라고 말하기도 한다. 고등학교 이후부터 부모로부터 완전한 금전적 독립을 하고 나서 수입이 없는 시기이기 때문이다. 독일의 국립대학 대학생들은 등록비 완전 면제 혜택 외에도 부모의 소득 수준에 따라 생활비 지원도 받을 수 있지만, 풍족한 생활을 하는 것은 불가능하다.

그런 독일 학우들 사이에서 한국의 부모님으로부터 생활비를 받아 쓰는 나는 신기하고 부러운 대상이었다. 처음엔 이게 그렇게 신기할 일인가 싶다가, 시간이 갈수록 부모님의 경제적 도움을 받는 것이 영 어색해졌다. 주변 환경이 주는 영향이란 참 묘한 것이다. 나는 내가 너무 인생을 쉽게 사는 건 아닌가 고민하기 시작했고, 돈의 가치를 더 적나라하게 느껴봐야겠다는 결론을 내리게 된다. 피아노 레슨이나 피아노 반주로 버는 돈이 아닌, 몸을 써서 돈을 벌어보고 싶었던 것이다.

어느 독일 학우가 여름에 우편배달 아르바이트를 했다고 말한 것이 기억났다. 독일의 직장인들은 휴가가 길다. 집배원들도 예외가 아니어서, 매년 3주간 휴가를 가며, 그 기간에는 다른 동료 또는 아르바이트생이 대체 인력으로 투입된다는 것이다.

무슨 뚝심인지, 나는 무턱대고 시내 중심에 있는 중앙우체국을 찾아갔다.

"무슨 일로 오셨나요?"

"휴가 기간 대체 인력 지원에 대해 문의하려고요."

"무슨 일로 오셨나요?"

"휴가 기간 대체 인력 문의하려면 어디로 가나요?"

"무슨 일로 오셨나요?"

입구 경비실, 2층 사무실, 4층 인사과 비서실, 그리고 최종적으로 복도 안쪽 사무실에서 인사담당자를 만나기까지 똑같은 답변을 네 번이나 반복했다. 정말 운이 좋았었다. 단순히 정보를 얻으려 왔다가 그 자리에서 면접까지 보게 된 것이다. 때는 90년대 중반, 인터넷 활성화되지 않은 시대였기 때문에 전혀 이상한 상황은 아니었다. 눈이 핑핑 돌 정도로 깨알 같은 글씨가 가득한, 아마도 근로계약서로 추정되는 문서에 서명했다. 정신없어 혼이 쑥 빠진 나는 "몇 날 며칠 몇시에 어디로"에 대한 정보만 열심히 붙들어 맨 채 중앙우체국 건물을 나왔다.

첫 출근 날, 나의 사수 '마리아'와 만났다. 내 턱 정도밖에 오지 않는 작은 키의 다부진 몸에 까무잡잡한 젊은 여성이었다. 마리아는 나를 보자마자 반말로 말을 걸었다.

"네가 대체 인력이니? 몇 살? 내가 언니네?"

독일인들은 웬만해서는 처음 보는 사람에게 반말하지 않는다. 독일어 문법에서의 반말은 나이를 기준으로 하는 게 아니라 친밀도를 기준으로 하기 때문이다. 하지만 반말에 대한 당황스러움은 잠시, 어느덧 나는 재잘대는 마리아의 뒤를 웃으면서 따라다니고 있었다.

첫 주는 수습 기간으로, 사수와 대체 인력이 2인 1조로 다닌다. 사수는 평상시와 같은 근무를 하고, 나는 옆에 그림자처럼 붙어다니면서 배워야 한다. 아르바이트생이라고 해서 업무의 강도나 책임이 축소되는 것이 아니라, 기존 인력의 주 6일 업무와 책임을 100% 수행해야 하기 때문에, 모든 것을 배우기에 일주일은 상당히 빠듯하다. 첫날 수첩의 절반이 꽉 찼다.

마리아는 정말 에너지 덩어리였다! 그 작은 키로 자기 몸만 한 우편 카트를 끌면서 본인 업무 하느라, 나에게 업무 가르치느라, 배달 구역의 이웃들에게 내 소개를 시키느라, 자기 이야기 들려주느라, 그리고 간간이 나에 대한 궁금증을 해소하느라 허스키한 목소리가 쉴 틈이 없었다.

일주일간의 수습 기간이 정말 번개같이 지나가고, 마리아와 징든 이별을 했다.

"융인('연진'을 이렇게 불렀다)! 괜찮아, 넌 할 수 있어!"

물가에 내놓은 아이의 심정이었던 나와 달리, 내 어깨를 시원하게 팍 내려치는 마리아는 아마도 물가에서의 휴가 생각으로 가득했겠지. 이제 다음주부터 '집배원 정연진' 출동이다!

나의 업무는 아침 5시까지 도착해서 중앙에 위치한 거대한 우편물 취합소에 가는 것으로 시작된다. 우편번호별로 분류된 우편물들이 가득 쌓여 있는 곳이다. 일단 내 구역의 우편물 분량을 챙겨 내 책상으로 돌아온다. 책상에는 약방 서랍처럼 촘촘하게 칸이 있는 거대한 'ㄷ'자 책꽂이가 있고, 각 칸의 하단에는 도로명과 번지수가 깨알같이 적혀 있다. 그런데 번지수 숫자의 순서가 아니라, 실제 거리의 번지수 나열에 따른다. 즉,

이 책꽂이는 내 배달 구역의 도로와 건물들에 대한 축소판이다. 이렇게 취합장과 책상을 오가며 분류해서 꽂고, 우편물 가져오고, 분류해서 꽂기를 반복한다.

7시 30분부터는 우편물 가져오기를 멈추고, 순서대로 꽂힌 우편물들을 노끈으로 5~7cm 두께로 묶어서 우편낭에 차곡차곡 넣기 시작해야 한다. 만일 욕심을 내서 우편물 팩이 더 두꺼워지면 노끈을 푼 후 한 손에 쥐고 배달하기 어렵고, 그렇다고 너무 얇은 단위로 묶으면 작업이 지체된다. 노끈 매듭은 풀기 어려우면 안 되지만, 쉽게 풀어져서도 안 되는 방식으로 마리아와 함께 수없이 연습했다. 혹시라도 매듭이 풀어져 우편낭 안에서 편지뭉치가 흩어지면 그날은 모든 게 뒤죽박죽된다.

정확히 7시 50분에 차량이송팀이 우편낭을 수거하러 책상들 사이를 돈다. 이때까지 수거되지 않는 우편낭은 오늘 배달할 수 없고, 내일 업무량에 엄청난 부담이 되기 때문에, 무슨 일이 있어도 우편낭을 다 채워서 깔끔하게 책상 앞 복도에 내놓아야 한다.

내가 작업하는 우편낭은 네다섯 개 정도이다. 개당 10kg 정도로, 카트 안에 꽉 차는 양이다. 이송팀은 먼저 출발해서 차량으로 내 구역의 총 4개소에 위치한 우편물 보관함에 우편낭들을 순서대로 넣어둔다. 도로에 배전반 박스처럼 튀어나온 뜬금없는 양철통들의 정체가 그것이다. 첫 부분 구역은 카트에 담은 우편물부터 소진하고, 두번째 부분 구역부터는 열쇠로 보관함을 열어서 빈 카트에 옮겨 담은 후 계속해서 이동한다.

이쯤 되면 분류작업이 얼마나 중요한 단계인지 짐작이 될 것이다. 분류작업이 깔끔하게 이루어지면 이후 배달 업무는 물 흐르듯 매끄럽게 진행된다. 반대로 혹시라도 순서가 뒤바뀔 경우, 특히 우편낭을 잘못 선택했을 경우에는 최악의 상황이 벌어진다. 마리아가 어찌나 나에게 대재앙 시나리오를 귀에 못이 박이도록 들려줬는지, 단독 업무 3주 동안 단 한 번도 우편낭 혼동 실수는 저지르지 않았다.

우편낭 수거가 끝나고 나면 잠시 아침식사를 하러 갈 수 있다. 매일 기본적으로 빵 두 개를 고를 수 있는 쿠폰이 나오는데, 중앙우체국 카페테리아의 버터 잔뜩 바른 햄치즈빵은 정말이지 세상에서 제일 맛있다!

이제 카트를 끌고 중앙우체국을 나선다. 구역에 따라 자전거를 사용하는 우체부도 있고, 큰 대형 수레를 사용하는 우체부도 있지만, 내가 보급 받은 '무기'는 중간 크기의 바퀴 두 개 달린 카트였다. 내가 맡은 구역은 평평한 도로와 돌계단이 섞인 곳이기 때문에, 끌고, 들고, 미는 다양한 기동성이 필요하다. 수습 기간 동안 A4 백지에 형형색색 세밀하게 그린 구역지도를 꺼내어 펴본다. 배달 경로는 아주 긴 하나의 끈을 지도 위에 구불구불 늘어놓은 형태다. 단 한 번만 지나가면서 모든 건물을 찍고 갈 수 있도록 최적의 경로로 마리아가 수년 동안 연구한 결과다.

"이 집 개는 카트를 보면 사나워지니까 여기에 놓고 빈손으로 걸어들어가야 해."

"이 집은 점자 우편물이라 무거워. 수고스럽겠지만 현관 앞까지 갖다주면 고마워할 거야."

"이 집은 우편으로 현금을 가끔 받아. 현금 지갑을 가지고 가는 날은 도난 사고를 조심해야 돼."

"전단은 두 장씩 들어가면 난리 나! 그리고 '광고 사절' 우편함에는 넣으면 더 난리 나!"

마리아의 말이 맞았다. 단 3일 차부터 수첩은 필요 없게 되었다. 일하다보면 자연스럽게 저장되는 정보였다. 나는 타고난 집배원이 체질이었나?

슈투트가르트는 중앙의 시가지가 낮은 지대에 있고, 주변으로 멀어질수록 높은 지대에 주택가가 형성된 분지 지형의 도시이다. 그날의 업무가 끝을 향해 갈수록 점점 지대가 높아져서, 마지막 우편낭을 모두 비워냈을 때쯤이면 꽤 높은 곳에서 슈투르가르트 시내를 내려다볼 수 있다. 덜커덩거리는 카트를 잡아끌고 언덕을 올라갈 때는 힘들지만, 바람이 솔솔 부는 도로에서 아래를 내려다보며 하루 업무의 마무리를 자축하던 그 행복은, 진부한 표현 같지만, 정말 그 무엇과도 바꿀 수 없는 것이었다.

물론 힘든 일도 많았다. 한여름 시즌이었기 때문에 비가 자주 왔는데, 비가 오는 날은 중앙우체국을 나서기가 영 싫었다. 또, 수풀이 우거진 곳이어서 민달팽이가 많이 출몰했기 때문에, 돌계단 앞에 펼쳐진 풍경을 보면 한숨부터 나왔다. 평생 살면서 볼 수 있는 가장 많은 민달팽이와 가장 큰 민달팽이 종류를 이때 다 본 것 같다. 질척거리는 운동화를 벗어 거꾸로 말릴 때의 번거로움은 우천특별수당으로도 위로가 안 되었다.

매주 목요일마다 찾아오는 '슈피겔데이'도 엄청난 부담이었다. 독일의 대표적 시사주간지인 『슈피겔』에 대한 독일인들의 사랑은 대단하다. 정기구독자의 수가 어마어마하기 때문에, 우편낭이 두 배 가까이 무거워진다. 정교하게 높이 쌓인, 갓 인쇄된 『슈피겔』의 냄새는 지금도 잊을 수가 없다.

휴가 시즌이라 주소가 부정확한 기념엽서들이 많은 것도 골치 아픈 일이었다. 해외 관광지에서 엽서를 보내고는 싶고, 주소는 모르지만 동네는 기억나고. 결국 수신자명, 도로명, 도시명, 국가명만 명시된 엽서가 발송된다. 대단하게도, 슈투트가르트 중앙우체국 직원은 기어이 우편번호를 찾아내서 내 구역으로 분류한다. 우편취합장에서 이 '심플'한 엽서를 집어든 나는 한숨을 쉬며 두꺼운 '성경'을 꺼낸다. 슈투트가르트에 사는 모든 세대주의 이름과 주소가 적인 우편주소부다. 독일 이름은 성姓이 독특하기 때문에 세대주 이름과 도로명으로 매칭해도 주소를 알아낼 수 있다. 같은 도로에 같은 성씨가 두 집이 있으면, 첫번째 집에 먼저 보내고, 반송될 경우 두번째 집에 다시 보내야 한다. 이런 노력에도 주인을 찾을 수 없는 경우에야 마침내 '배달불가' 도장을 찍어 폐기함으로 보낸다.

우편물 대신 빈 우편낭들이 채워진 카트를 끌고 중앙우체국까지 걸어서 돌아오면 오후 3시가 된다. 그것으로 끝이 아니라, 반송된 우편물 혹은 현금배달시 지갑 반납 등 처리를 끝내고, 우편낭과 노끈을 가지런히 정리해서 책상 위에 올려두면 업무가 정말로 끝이다.

첫날은 오후 4시가 넘어 녹초가 되어 돌아왔지만, 점점 익숙해져서 퇴근 시간이 오후 2시까지 당겨지기도 했다. 근처 책상의 집배원들과도 친해져서 작업도 지루하지 않았고, 도움도 많이 받았다. 매일 아침 분류작업을 누가 더 빨리 끝내는지 내기하는 환호성과 응원 소리를 듣는 건 큰 즐거움 중 하나였다. 배달 구역에서는 신기한 동양인 집배원이 오기를 기다렸다가 음료를 건네는 것을 하루의 낙으로 삼는 할머니도 등장했다.

가장 무더웠던 8월이 지나고 저녁의 바람이 다르게 느껴졌을 때쯤, 나의 우편배달 일은 어느덧 마지막 주가 되어가고 있었다. 이 일이 끝난다는 게 믿어지지 않을 정도로, 나는 이 일에 몰입해 있었다. 마치 항상 이 일을 해오던 사람 같았다.

"융인, 너는 타고난 우체부야! 음대 졸업하고 이곳이 생각나면 언제든 돌아와!"

옆 책상의 동료들이 따뜻한 작별 인사를 전했다. 떠나는 사람보다 남는 사람이 더 섭섭한 법일 테지. 나는 다음주에 돌아올 마리아를 위해 책상 위에 작은 선물을 두고 나왔다. 인사동에서 사 왔던 전통매듭 한 쌍, 한국 과자, 그리고 고마움을 전하는 쪽지였다.

다음달쯤, 업무에 대한 수당으로 한국 돈으로 약 300만 원이 입금된 것을 보고 깜짝 놀랐다. 내가 평생 벌었던 아르바이트비 중 가장 높은 금액이었다. 학생 신분이라 각종 감세 혜택을 받았기 때문에 오히려 현직 집배원보다도 실수령액이 높았다. 그때 나는 노동의 가치가 아니라 '나'의 가치에 눈을 뜨게 된 것 같다. 급여란, 나의 쓸모에 대한 이 사회의 가치 환산이다. 그 가치에 대해 숫자로 표시된 명세서를 받는 건 정말 짜릿한 일이었다. 그때 결심하게 되었다. 나는 앞으로 돈, 돈, 돈을 벌어야겠다고.

나의 신발,
나의 빨간 자전거

자전거가 나의 신발인 시절이 있었다. 비가 오나 눈이 오나, 아니, 천둥이 치나 눈보라가 치나 타고 다녔던 시절이었다. 나에게는 자전거 없는 이동 자체가 아예 존재하지 않았고, 나의 출석 여부는 밖에 세워둔 자전거 여부에 따라 판단됐다. 지인들은 내 자전거를 '네 신발'이라고 칭했다.

독일 베를린에서 음대에 다니던 이십대 초반, 내 소유의 첫 자전거를 샀다. 쓸 수 있는 돈이 약 20만 원 정도여서 고를 수 있는 선택지는 지극히 한정적이었지만 그중에 유독 내 눈길을 끄는 모델이 하나 있었다. 빨간색 프레임으로 된 작은 로드바이크였다. 휠도 일반 크기보다 훨씬 작았고, 핸들만 아래로 꺾였을 뿐 가격으로 보나 크기로 보나 그저 외향만 흉내낸 청소년용 '유사 로드바이크'였다. 하지만 나는 내 예산에서 굳이 가성비가 떨어지는 이 녀석을 고르고, 유치하게도 '빨간 번개'라는 뜻의 'Red Blitz'라고 이름을 붙여줬다.

살아오면서 딱히 자전거에 대한 철학도, 관심도 없었지만 이상하게도 '자전거는 로드바이크'라는 생각이 나를 지배하고 있었다. 핸들 형태와 삼각형 프레임에 익숙해지는 데 시간이 걸렸지만, 내 자전거가 생겼다는 게 뿌듯해서 너무 신이 났다. 침대 곁에 두고 자고 싶을 정도로 보고 또 봐도 예뻤고, 다음날은 자전거를 끌고 나갈 생각에 아침에 눈이 번쩍 떠졌다.

자전거에 대한 핑크빛 환상은 바퀴에 펑크가 나던 날 와장창 깨졌다. 갑자기 덜컹거리면서 제어가 안 되는 바퀴를 내려다보니 타이어가 힘없이 옆으로 늘어져 있었다. 생애 처음으로 겪는 펑크였다. 지나가던 길에 본 자전거 가게까지 절룩절룩 따라오는 자전거를 끌고 갔다.

"타이어 안쪽 튜브 펑크네요. 일단 메꿔드릴 테니 다음에는 혼자 해봐요."

툭, 바퀴 탈거. 휙, 타이어 뒤집기. 부글부글, 비누거품 발라 펑크 난 곳 찾기. 벅벅벅, 사포로 펑크 주변 문지르기. 착 꾸욱, 패치 붙이기. 덜컹, 타이어 다시 끼우기. 슉슉, 튜브에 바람 넣기. 찰칵, 바퀴 다시 장착. 차르르르, 바퀴 돌려보기.

"자, 잘 보셨죠?"

네? 벌써 끝이라고요? 자전거 미캐닉의 현란한 손짓에 홀렸다가 깨어난 이 모든 과정은 2분 정도밖에 걸리지 않았다. 나는 펑크 메꿈을 위한 패치 키트를 구입한 후, 다시 펑크가 나면 큰일이겠다는 생각을 하며 집으로 향했다.

바퀴 펑크는 그저 시작에 불과했었다. 브레이크 패드 교체, 케이블선 절단, 체인 기름칠, 와셔 조이기 등. 자전거는 사서 그냥 사용하면 되는 기계가 아니었다. 마치 반려동물처럼 밥도 주고, 관리받아야 하고, 병도 나는 존재였다. 그때부터 나는 틈만 나면 자전거 부품 섹션을 기웃거리게 되었다. 독일은 인건비가 비싸서 웬만한 건 혼자서 DIY로 해결해야 한다. 손에 검은 기름때 묻혀가며 부품 교체에 성공했을 땐 마치 만화에 나오는 천재 과학자가 된 것처럼 뿌듯했다.

케이블 교체한다고 기어 셋을 분해했다가 밤새도록 조립해봐도 해결이 안 돼서 속상해서 눈물을 쏟은 적도 있었다. 그렇게 자취방에 뒤집혀 있던 녀석을 다시 도로에 나가 페달을 밟을 수 있는 상태로 되돌리기까지 무려 2주가 걸렸다. 찰칵찰칵

기어를 맞춘 후 바퀴가 차르르 굴러갔을 때의 고마움이란.

"너, 살아났구나!"

앞서 말했듯, 당시 자전거는 내 신발이었다. 비가 올 때는 우비를 입고 타고, 눈 내린 도로에는 워커를 신고 탔다. "오늘은 이러저러하니 자전거를 못 타겠다" 같은 생각을 전혀 해본 적이 없는 나는, 지금 생각해도 좀 미친 아이였다. 어딘가 갈 때 자전거 없이는 이동하는 일이 없었다. 심지어 친구들과 같이 움직일 땐 친구들은 버스를 타고, 나는 자전거로 갔다. 그럴 때면 버스를 뒤쫓아오다 다음 정류장에서 앞지르다 반복하는 나를 보며 친구들과 승객들이 창밖으로 손을 흔들며 응원하고 즐거워했다.

자전거를 내 신체의 일부처럼 다룰 수 있다는 착각에 우쭐했던 나는 자동차 도로로 다니며 거의 묘기에 가깝게 자전거를 탔다. 출근 시간이나 신호대기 등으로 차가 막힐 땐 정차된 차들을 손으로 짚고 사이로 아슬아슬 빠져나갔다.

나는 내가 자전거를 퍽 맛깔나게 잘 타서 잘 다닌 줄 착각하고 있었다. 아주 오랜 시간 후, 한국에 돌아오고서야 깨달았다. 그렇게 묘기 라이딩을 하고도 사고가 안 났던 이유는, 독일 운전자들이 진상 라이더인 나를 설설 피해 다니며 보호해준 덕택이었다는 것을.

독일 유학이 끝나가면서 나는 한국으로 이삿짐을 옮길 컨테이너 견적을 내야 했다. 네모난 공간을 기준으로 책정되기 때문에, 자전거처럼 애매한 모양은 비용을 많이 잡아먹었다. 간사하게도 나는 갈등하게 됐다. 학교와 가까운 집으로 이사 간 이후 자전거 타는 빈도가 부쩍 줄어들었고, 빨갛게 반짝거리던 프레임도 어느덧 곳곳에 녹이 슬어 있었다. 최근 몇 년간은 타는 날보다 세워져 있는 날이 더 많은 터였다. 운송업체에 보낼 견적서 작성을 마무리하지 않은 채 시간을 끌다가, 시내에 볼일을 보러 오랜만에 자전거를 타고 나갔다. 왜 하필 그날 나는 이 녀석을 현관 앞 거치대까지 끌고 가기가 귀찮았을까? 도로 난간에 매인 자전거를 가지러 다음날 내려간 나는 가슴이 철렁 내려앉았다.

내 눈을 믿을 수 없었지만, 내 자전거는 형태를 알아보기 힘들 정도로 파손되어 있었다. 바퀴는 살바도르 달리 그림 속 녹아내린 시계처럼 찌그러져 있었고, 작고 빨간 프레임만이 빠진 눈깔 같은 핸들을 주렁주렁 매단 채 난간에 간신히 매달려 있었다. 어제가 히틀러의 생일이었던 걸 떠올렸다. 사실 요즘은 '네오나치' 단체의 활동이 많지 않아 신경쓰지 않고 있었는데, 해가 진 후 간밤에 거리에서 기물들을 파손하고 다닌 것이었다.

분노와 함께 미안함이 몰려왔다. 내 신체 일부 같은 녀석이었는데, 내가 한국으로 데려갈지 고민하는 동안 고물로 변해버리다니. 그것도 돈 때문에 주저하는 동안 말이다. 나는 사람들이 사물에 인격을 왜 부여하는지 처음으로 이해했다. 안녕, 빨간 번개. 안녕, 십 년 독일 생활. 안녕. 나의 이십대.

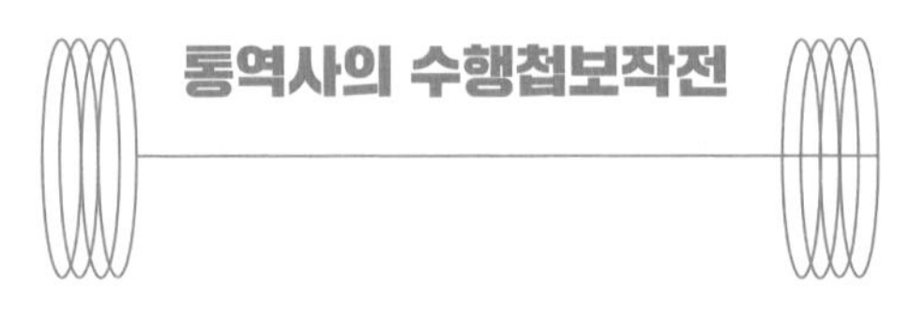

통역사의 수행첩보작전

통역사, 경호원, 그리고 사진사의 공통점은?

정답은 'VIP 옆자리 사수하는 사람들'이다.

외국 기관의 장관 이상 급 인물이 한국 기관을 방문할 때, 이 세 사람은 절대 빠지지 않는다. 나는 VIP 통역 현장에 가면 제일 먼저 경호원과 사진사가 누군지 파악한다. 이 두 사람은 외형으로 확실히 구분되기 때문에 찾아내는 것이 어렵지는 않다. 오른쪽 문 옆에 경호원, 체크. 연단 앞에 사진사 체크. 나는 지금부터 이 사람들로부터 VIP 옆자리를 사수해야 하는 임무와 이 사람들에게 VIP 옆자리를 확보해주는 임무를 동시에 가지게 된다.

통역이 극단적으로 성공적이어서 통역사가 그림자 같다못해 아예 존재감이 사라졌다는 농담이 있다.

"네? 통역이 있었어요? 우리끼리 대화한 줄 알았는데. 아 참! 외국 사람이었지! 허허허."

그만큼 통역사는 수행시 눈에 안 띌수록 좋다. 그런데 모순적이게도 통역사는 VIP의 목소리가 가장 잘 들리고, 본인의 목소리도 가장 잘 전달되는 위치에 있어야 한다. VIP가 발언하기 전 통역사 어디 있나 두리번거리게 만들면 안 된다. 한 장소에 머물 때도 그러하지만, 현장 영접이나 시찰 중 이동할 때는 마치 꽃 주변에서 유영하는 벌새처럼 두 VIP 사이의 적절한 틈새를 찾아 끊임없이 움직여야 한다.

자리싸움이 가장 치열해지는 곳은 엘리베이터이다. 대부분의 경우 동선을 미리 짜놓기 때문에 엘리베이터 독점 사용은 물론 탑승할 인원까지 미리 계획되어 있다. 그럼에도 예상치 못한 인원이 추가되면 재빨리 우선순위대로 잘라야 한다. 엘리베이터 안은 세상에서 가장 뻘쭘한 공간이라서, 언어가 안 통하면 큰일이므로, 통역사 통과. 장소 불문하고 경호에 공백이 있으면 안 되니까 경호원도 통과. 모두의 눈짓이 사진사를 향해 "쏘리"라고 말하면, 사진사는 빠르게 판단하고 휙 돌아서 비상계단으로 향한다. 닫히는 엘리베이터 문 사이로 뒤늦게 상황이 파악된 보좌관이 허겁지겁 계단으로 뒤따르는 모습이 보일 때도 있다.

반면, 통역사가 뒷전으로 물러나야 하는 순간도 있는데, 단체사진이나 조약 체결 등 기념사진 촬영 때다. 나는 첫 수행통역 후 인터넷 기사에 나온 사진들을 찾아보고 얼굴이 화끈했다. 사진마다 큼직한 능짝으로 시야를 가리고 있는 나는 마치 낄 때 안 낄 때 구분 못하는 눈치 없는 하객 같아 보였다. 그제야 "통역사님, 잠깐 좀……"을 연발하던 사진사의 말이 떠올랐다. 이제는 사진사를 조금만 곁눈질해도 의도하는 촬영 각도나 방향을 파악하고 비켜준다. 물론 의전 소품으로 수행통역사가 필요한 상황에서는 알아서 적당한 비중으로 등장도 해준다.

경호원과의 자리싸움에서는 맷집이 있어야 한다. 시간이 지체돼서 대표단이 엄청나게 빠르게 이동해야 할 때가 있는데, 속보를 넘어 뛰어가는 느낌이 들 때도 있다. 양측 수행 인원들을 합해 최소 스무 명의 인파가 좁은 공관 복도로 우르르 몰리면 찰나의 순간에 뒤로 밀려난다. 주위를 둘러봤는데 만일 경호원의 등이 보인다면, 나는 VIP 일행을 놓친 거다. 경호원이 통역사 공간을 확보해두는 일은 절대 없으므로, 어서 다시 앞으로 파고들어가야 한다. 위에서 강조했듯, 자연스럽게 스르륵 말이다. 일단 어깨부터 들어갔으면 자리 확보에 성공한 거다. 대한민국 경호원들은 왜 그렇게 다들 기골이 장대한지. 그렇다고 잠깐만 비켜달라며 경호원의 주의를 분산시키는 것은 절대 금물이다. 곤란한 상황에 처하지 않고 싶으면, 애초에 뒤로 밀리지 않고 버티는 게 중요하다. 믿을 건 내 어깨뿐이다.

수행통역과 체육과의 연관성? 당연히 있다! 수행통역에서 필요한 민첩성과 근력은 저절로 얻어지지 않는다. 온전히 정신력과 전문성만으로 기민한 행동과 버티는 힘을 만드는 데는 한계가 있다. '체육의 필요성'에 대한 필사적인 정당화라고 해도 좋다.

무엇이 되고 싶은지는 당신의 선택이다.

튼튼한 사회인? 아니면 허약한 사회인?

굳세어라, 내 종아리

화면을 가득 메운 다리들. 모두 한배에서 태어난 듯 똑같이 가늘고 똑같이 길다. 대한민국 여자 다리의 이상향, 모든 미용 상품에서 목표로 삼는 아이돌 그룹의 다리는 마치 자연의 법칙을 거스른 듯 보인다. 나도 똑같이 걷고, 똑같이 앉으며 사는데 그들의 다리는 분명 다르다. 많은 여성들과 마찬가지로 나도 내 인생의 반 이상을 그 '다름'을 부러워하며 살았다.

외모에 한참 관심 많을 나이를 거쳐 맞선을 볼 나이가 되자,

나는 내 다리의 알통이 부끄러워졌다. 다리를 감추고 싶어 바지 정장만 입고 맞선 자리에 나가니 남성측의 불만이 쏟아져 나왔다. 이건 마치 자동차 전시장에서 특정 사양을 가리고 보여주지 않는 것이나 다름없었다. 대놓고 "다음 만남에선 치마 입은 모습도 보여달라"는 남성도 있었다.

그 와중에 나는 나의 상품 가치를 높여줄 솔깃한 제안을 듣게 된다. 과도하게 발달된 종아리 근육을 제거해주는 시술이 있다는 것이다. 정확히 말하자면, 종아리 근육 신경 일부를 제거해서 알통 근육이 퇴화되도록 유도하는 것이다. 소위 '종아리 근육퇴축술'. 병원에 찾아가 상담을 받고, 수술 예약을 하고, 어느덧 수술 당일 날이 되었다. 긴장이 많이 되었다.

"정말 앞으로 살아가는 데는 문제없겠죠?"

"허허허…… 걱정 말아요. 마라톤 같은 거 하지 않는 한 전혀 문제없습니다!"

마라톤? 이봉주 선수가 올림픽에서 메달 땄던 그거? 그걸 내가 할 일은 없지.

VIP 고객이 호텔 체크인하듯 병원에 도착했고, 몇 시간 후 굴욕적으로 엉금엉금 부축을 받으며 나섰다. 어떤 수술이든 해본 사람은 안다. 진짜 고생은 수술이 끝나고 시작된다는 것을. 집에 돌아와서 온갖 불편을 감수하고 회복 기간을 보냈지만, 종아리는 영 달라져 보이지 않았다.

시간이 지난 후, 나는 아주 조금 달라져 보인다면 달라져 보인다고도 주장할 수도 있을 법한 종아리, 그리고 두 개의 뚜렷한 수술 흉터를 갖게 되었다. 병원에 흉터를 보여주자, 당황한 듯 고개를 갸우뚱거리며 "좀더 기다려보자"는 말만 반복했다. 수술 자국이 또다른 부끄러움이 된 나는 결국 다시 바지 정장으로 돌아갔다.

이후 십여 년 동안 병원을 원망할 틈노 없을 정도로 여유 없는 시간을 보낸 건 다행이었던 것 같았다. 그때 우연한 계기로 달리기를 시작했다. 달리기의 행복이 점차 커질 때쯤, 나는 조금씩 내가 십 년 전 내 다리에 한 짓을 떠올렸다. 미적 기준이 변하듯, 운동 취향도 충분히 변할 수 있는 건데, 그 시기의 조바심에 홀려 어리석은 판단을 내린 것이 후회스러웠다. 이 다리로 달리기를 이어갈 수 있을까?

점차 달리기 속도가 빨라지고 달릴 수 있는 거리가 길어지면서 러닝은 나의 일상으로 자리잡게 되었다. 달리기 기량과 함께 다리의 근육도 균형을 이뤄가는 느낌이 들었다.

어느 날 문득 궁금한 생각이 들어 내 종아리를 자세히 내려다보게 되었다. 어디였는지 찾기 어려울 정도로 수술 자국이 흐려져 있었다. 정형외과를 찾았다.

"이 다리로 마라톤 해도 될까요?"

"???"

의사의 표정이 이미 모든 걸 말해줬다. 지금 내 종아리는 멀쩡하다못해 우월하다! 내 종아리 신경이 모질게도 되살아난 것인가? 못난 주인이 잘못했다!

나는 어이없는 웃음을 피식피식 웃으며 생애 첫 10km 마라톤대회를 등록했고, 즐겁게 완주했다. 이후 대회를 하나씩, 하나씩 완주할 때마다 '마라톤은 못 달릴 것'이라던 그 선언이 조금씩 옅어졌다. 그리고 동글동글 알통의 내 다리 생김새도 그다지 나쁘지 않다는 묘한 자신감도 생겨났다. 아무렴, 나쁘지 않고말고. 무려 42.195km를 버텨주는 녀석 아닌가?

원장님, 수술을 대실패로 만들어주어 고마워요!

굳세어라, 내 종아리!

두근두근 에페드린

통번역대학원 졸업 직후 한 연구실 공간에서 여자 연구교수 여러 명과 함께 근무를 한 적이 있었다. 같은 공간에서 오랜 시간을 같이 보내다보니, 누군가 어떤 아이템이 좋다고 하면 모두가 주르륵 따라서 체험하는 경향이 있었다. 이번에 유행한 아이템은 어느 한의원에서 조제한 '감비환'이었다. 이 약을 추천하는 연구교수님은 번번이 실패한 다이어트 후에 처음으로 한의학의 도움을 받게 되었는데 효과가 있는 것 같다며 함께 하자고 했다. 이름 한번 직설적이다. 실패 후 구덩이에 처박혀

절망하고 있는 사람은 천박한 네이밍 전략 앞에 무방비로 무너진다.

이 약을 먹고 소원을 이룰지어다. 펑! 감.비.환.

도사님이 하얀 수염을 나풀거리며 나에게 손짓한다.

서른 초반의 미혼 직장인에게 체중 감량은 숙명이나 다름없었다. 나까지 세 명의 선생님들이 줄줄이 같은 한의원을 방문했고, 복제한 듯 같은 내용의 상담을 받은 후 똑같은 약통을 받아들고 한의원을 나섰다.

집에 가자마자 못 참고 오늘의 용량을 입에 털어넣고 꿀꺽. 이루어져라! 좋은 일이 일어날 거야!

첫 달은 연구실 주요 화제가 '감비환' 체험으로 들썩였다. 복용에 참여하지 않는 선생님조차 변화를 관전하고 응원했다. 주로 식욕이 어떻게 줄고, 체중이 얼마나 줄었는지 소수점까지 보고하는 시시한 내용이었지만, 이런 디테일들은 주식 변동처럼 당사자들을 들었다가 내려놨다.

때는 바야흐로 봄. 체형에 조금씩 변화가 생기고, 갖고 있던 옷들이 헐렁해지자 나의 옷장에는 예쁜 새 옷들이 새로 입주하기 시작했다. 와, 이 옷도 이제 맞네? 이런 옷도 한번 도전해 볼까? 아름다워진다는 건 누구에게나 설레는 일이다.

그 사람을 만난 건 그때쯤이었다. 한 달간 진행되는 번역 프로젝트가 있었는데, 세부사항 조율을 위해 담당자와 자주 미팅을 가져야 했다. 평범한 얼굴에 튀지 않는 양복 차림의 전형적인 공공기관 직원이었다. 그는 차가운 인상과는 달리 프로젝트 번역이 처음이라 서툴고 덤벙거리는 나를 꼼꼼하게 잘 챙겨줬다.

다음에 갔더니 테이블에 커피와 함께 쿠키가 놓여 있었다.

"지난번 회의 후반에 당 떨어졌다고 하셔서 미리 준비했습니다."

쿠쿵. 흉곽에서 뭔가 움직임이 느껴졌다. 어? 잠깐!

미팅이 끝나고 집에 오자 혼란스러운 기분이 가라앉았다. 내가 일 관계로 만난 사람에게 사적인 감정 따위를 품을 리가 없었다. 내가 통역사가 되려고 어떤 희생을 치렀는데. 사회생활을 이제 막 시작하면서, 나는 어서 성공하고 싶은 의지로 활활 타오르고 있는 상태였다. 당시의 나는 성별로 따지면 이성이 돌처럼 보이는 무無성에 가까웠다. 그리고 일단 그는 내 이상형도 아니라고!

연구실에서 이 이야기를 들려주자 환호성이 합창처럼 울려 퍼졌다. 미혼이래요? 나이는? 관심은 확실히 있는 것 같은데요? 대신 알아봐주겠다는 선생님부터 지나가다가 들러 잠깐

보면 안 되냐는 선생님까지. 다이어트 끝난 후 지루한 일상에 일어난 잔잔한 파문에 다들 즐거워했다. 다음 미팅까지 설렘의 나날이 이어졌다. 집을 나서서 바깥 공기를 들이마시는 순간, 오늘은 왠지 좋은 일이 일어날 것만 같은 그런 설렘.

감비환 약통이 바닥을 보이기 시작할 때, 번역 프로젝트도 끝을 향해가고 있었다. 한참 잘 빠지던 체중이 답보 상태에 빠졌지만 나의 목표 체중에는 도달했기 때문에 큰 불만이 없었다. 어차피 나의 관심은 이미 다이어트를 떠나 그 남자에게로 온통 기울어 있었다. 그와의 마지막 미팅을 앞두고 나는 고민에 빠졌다. 물어봐야 후회가 없을까, 물어보지 말아야 후회가 없을까?

미팅 시간이 15분이 지나도록 그는 회의실에 나타나지 않았다. 남의 시간 귀한 줄도 모르고! 대체 얼마나 더 늦을 예정인 건가? 슬슬 짜증이 나려 할 때 그의 목소리가 들렸다.

"어유, 많이 늦었습니다! 죄송해요잉?"

갑자기 등뒤에서 담배 찌든 냄새와 커피믹스 마신 입냄새가 얼룩덜룩 스며나왔다. 역한 반응을 참으며 뒤돌아보니, 웬 좀생이 아저씨가 서 있었다. 다시 봐도 그 담당자가 맞았다. 내가 지금까지 본 사람은 누구였던 거냐?

다음날 연구실에 돌아와 목을 빼고 기다리던 선생님들에게 이 실망스러운 소식을 이야기해줬다.

"더이상 설레지 않더라고요. 전에는 기상예보가 어떻든 나만은 봄날을 느끼는 것 같은 기분이었는데."

"어? 저도 정확하게 그런 기분이었어요!"

"저도요."

아…… 설마?

갑자기 안개가 걷히는 것처럼 머릿속에 '큰 깨달음'이 두둥실 떠올랐다.

나와 연구실 선생님들의 몸을 지배하던 그것, 나와 연구실 선생님들의 몸을 더이상 지배하지 않는 그것. 그 공통점은 다름 아닌 감비환에 들어 있던 '에페드린' 성분이었다. 에페드린은 교감신경을 자극해서 감정에 영향을 끼친다고 한다. 심박수가 올라가고, 동공이 확장되고, 입이 마른다. 물론 감비환 약통에 이런 설명은 없다. 내가 공공기관 직원에게 반할지도 모른다는 경고는 더욱 없었고.

감비환 복용을 중단하자 이성이 돌아왔다. 그러면 그렇지, 나의 원래 체중도 다시 돌아왔다. 이후 나는 다시는 약물에 의존하는 다이어트를 하지 않았다. 어떤 성분이 내 생리작용을, 그리고 내 감정을 멋대로 휘저어놓는 게 얼마나 기분 나쁜 일인지 깨달았기 때문이다. 하지만 솔직히 아주 가끔은, 그 이유 없는 설렘을 다시 느끼고 싶다. 에잇, 에스프레소 더블샷이나 내려 마셔야지.

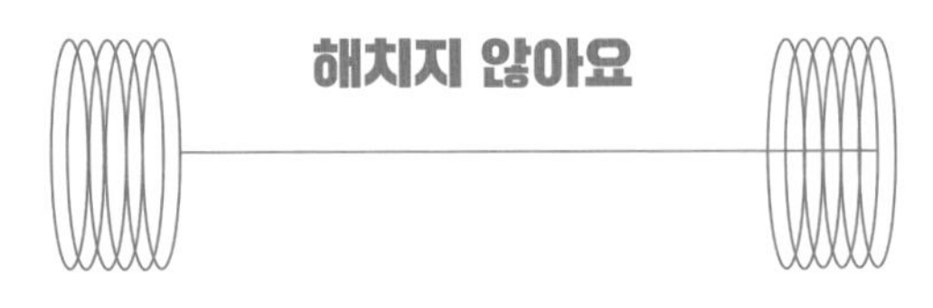

나풀나풀 프릴 달린 옷을 좋아한다. 잔잔한 들꽃이 프린트된 스커트도 좋아한다. 연한 살구색이면 더욱 좋다. 필요에 의해 좋아하게 됐는지 원래부터 좋아했는지는 더이상 기억도 나지 않고, 중요치도 않다. 이것은 마치 내가 공부를 잘하고 싶어서 책과 친해진 건지, 원래 책이 좋았는데 공부를 하다보니 그 사실을 깨닫게 되었는지 따져보는 것만큼이나 무의미하다. 확실한 건, 프릴 달린 옷은 상대방을 무장해제시키려는 수작에 아주 좋은 도구가 될 수 있다는 거다.

나는 체육관에서 집중하고 운동할 때 표정이 굳는다. 그래서인지 나를 모르는 사람들은 처음 봤을 때 무서운 사람인 줄 알았다는 말을 많이 한다. 나중에 탈의실에서 옷을 갈아입고 나오면 놀란다.

"이렇게 하늘하늘한 옷을 입고 다니시는군요?"

물론이다! 나는 내 주제를 잘 안다. 경험이 나에게 주제를 교육해줬다. 나는 내가 근육질 체형이라는 걸 안다. 근육형 체형이 세 보이는 옷까지 입으면 무서워 보이는 것도 안다. 그리고 사람들은 무서운 사람들을 겁낸다는 것도 안다.

예로부터 인류는 상징을 통해 평화로운 접근을 표현하는 데에 공을 들여왔다. 특히 서로 언어가 안 통하는 부족끼리 조우할 때 이런 비언어적 상징들이 꽤 유용했을 것이다.

이봐, 긴장 풀어. 난 널 해치러 온 게 아니야! 그러니 그 물소 뼈 도끼를 그만 좀 내려놓으라고. 양손을 손등이 보이게 앞으로 천천히 내민다. 두려움이 걷히자 그제야 상대방의 얼굴이 보인다. 뒤집어쓴 곰 가죽 털만 아니었으면 너도 그리 험악한 얼굴은 아니군.

힘센 지인을 두면 세상이 얼마나 든든해지는지 안다면, 사람들이 평화의 징표 없이도 적극적으로 다가와서 친해질 텐데. 그 힘센 지인이 여자라면 더 든든하고. 힘센 여자 지인과 친해지면 그저 도움을 받는 데서 그치지 않고, 나도 할 수 있다는 자신감을 얻을 수 있다. 절대적 힘의 차이가 너무 큰 사람에게서 도움을 받으면 계속해서 도움을 받는 위치에서 벗어나지 못하게 된다.

지인 집에 놀러갔는데 마침 조립가구 택배가 도착해 있었다. 포장을 뜯어서 읽어본 설명서에는 겁주듯 “본 제품의 설치는 반드시 성인 남성 O명이 해야 합니다”라고 씌어 있었다. 남편이 퇴근하면 시키겠다는 여자 지인에게 지금 해보자고 했다. 찬장에서 드릴 머신을 꺼내오라고 하고, 그게 믹서기만큼이나 다루기 쉬운 물건이라는 걸 보여줬다. 생애 첫 나사 박기를 해본 지인은 그 쫀쫀한 손맛에 매료됐다. 제어가 제대로 안 돼서 삐뚤게 박힌 게 속상하다며 팔 힘을 키우겠다고 한다. 오케이 좋아. 이렇게 또 한 명 넘어왔군.

인간은 남들보다 무언가 더 갖추고 태어났다면 이걸 주변에 나눠줘야 할 의무가 있다. 선량한 시민들이 내게 적극적으로 다가오도록 앞으로 나도 더 노력할 거다. 그런 의미에서 세일 끝나기 전에 프릴 블라우스를 몇 장 더 사야겠어. 평화의 의복은 많을수록 좋다. 그렇지?

탈의실에서 내 나풀나풀한 옷차림을 본 뒤로 한 여성 회원이 풀업 루틴을 하고 있는 나에게 다가왔다.

"사실 그전부터 물어보고 싶었어요. 나도 턱걸이 해보고 싶은데, 어떻게 시작해야 돼요?"

어서 와요, 친구여. 해치지 않아요.

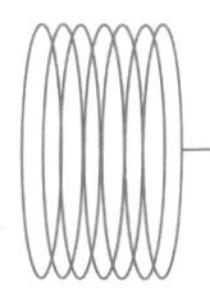

시키지 않은 일은 다 즐겁다

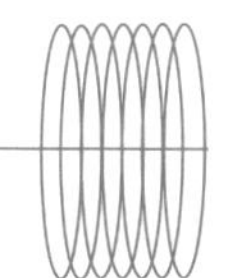

부모님과 서로의 안부를 묻는 대화중에 "너무 바쁘다"고 하면 늘 하시던 말씀이 있다.

"바쁜 게 좋은 거다."

혹시라도 쉬고 싶다거나 휴가를 가고 싶다고 투정하면 잊을세라 다시 강조하셨다.

"어허! 바쁜 게 좋은 거다!"

부모님께서는 본업에 충실한 삶을 최고 덕목으로 삼으셨다.

본업으로부터 벗어나 옆으로 곁눈질하게 만드는 모든 게 유해 요소였다. 오늘날 세상에는 유해 요소들의 유혹들이 너무 많기 때문에, 부모님께서는 자녀들을 이 요소들로부터 지켜내느라 고심하셨다. 이를테면, TV 드라마처럼 내용이 연속되는 콘텐츠는 다음 편을 보고 싶게 되므로 시청을 금지하셨다. 스포츠 중계 또한 승패의 궁금증에 사로잡히므로 금지였다. 반면 코미디 프로그램은 단발성 내용으로 끝나고 스트레스 해소에 도움이 되므로 허용됐다.

이런 교육의 영향인지, 우리집엔 아직까지도 TV가 없다. 아니, 살면서 TV를 즐기는 방법을 아직도 터득 못했다는 것이 더 정확한 표현일 것이다. 부모님께서 이토록 공을 들이셨건만, 나는 어쩌다가 본업이 아닌 '옆업'에 곁눈질을 하게 되었는가?

내가 스물 후반에 평생 해오던 피아노를 그만두고 통번역대학원 들어가겠다고 했을 때, 부모님의 반응은 좋지 않았다. 하지만 내게 있어서 이 계획은 음대생의 투정어린 곁눈질이 아니라, 경제적으로 온전한 직업을 갖고 싶은 '투쟁'이었다.

부모님의 지원을 받는 건 투쟁이라 부를 수 없다. 내 결정의 정당성을 입증하기 위해 배수진을 쳤다. 귀국독주회 비용으로 쓰려고 독일에서 아르바이트로 모은 돈 일부를 첫 학기 등록금으로 써버렸다. 그 이후로는 항상 전 학기 근로장학금과 통역 번역 아르바이트로 번 돈을 합해서 다음 학기 등록금을 충당하는 방식을 이어갔다. 통역계에 아무런 연고도 없는 음대 출신 초짜를 믿고 일감을 주는 고객들이 진심으로 고마웠다. 이 년 내내 아드레날린 게이지가 가득차 있는 기분이었다.

졸업 후 십여 년 동안은 내게 의뢰된 일을 단 한 건도 거절한 적이 없을 정도로 닥치는 대로 일했다. 급행번역 하느라 칠십 시간 동안 잠을 자지 못해 응급실에 갈 뻔한 적도 있었고, 소위 '사람 퀵' 오토바이를 타고 빠듯한 통역 일정을 소화하기도 했다. 늘 일이 먼저였고, 늘 멀리 있는 목표가 먼저였다. 이런 삶을 언제까지 이어나가야 할지 가늠이 되지는 않았지만, 멈출 수가 없었다. 무엇보다도 나의 도전을 의심하던 사람들이 옳았을까봐 두려웠다.

몸과 마음의 이상 징후가 나타난 건 그때쯤부터였다. 살면서 딱히 건강에 대한 염려를 해본 적이 없던 나에게는 큰 충격이었다. '성실함'이라는 덕목을 위해서라면 몸은 마음껏 사용해도 되는 줄 알았고, 마음은 다그치면 되는 줄 알았다. "나는 실은 바쁜 게 좋지 않다"는 푸념이 목구멍까지 올라왔지만 밖으로 내보내지 않았다. 이상향을 꾸역꾸역 좇아가면서 그 과정에서 삭이고 참은 것들이 몸과 마음속에 쌓여가고 있다.

문득 깨달아보니, 나는 미래의 행복만 바라보며 곁눈질하지 않는 장기 프로젝트형 인간이 아니라, 단기 프로젝트형 인간이었다. 수시로 내 머리를 쓰다듬는 손이 그리운 사람이었다. 마흔 살이 돼도, 쉰 살이 돼도 칭찬과 인정에 목마른 어린 마음은 늙지 않았다. 당장 손에 쥘 수 있는 성공이 필요했다. 시킨 일은 무엇이든 해내는 해결사 놀이에 도취해 있던 나는 본업이 아닌 '옆업'에 곁눈질을 하기 시작했다.

장기적금 만기를 기다리다가 인내심이 바닥났을 때 할 수 있는 일은? 적금 깨기? 틀렸다. 정답은 단기적금을 추가로 드는 것이다. 그럼 오히려 더 빠듯해지는 거 아니냐고? 그럴 수도 있다. '옆업'이 쉬울 거라고는 안 했다. 하지만 먼 행복을 포기하지 않은 채 현실을 즐길 수 있는 좋은 타협인 것은 분명하다.

'단기적금' 종류로는 확실한 성공이 보장된 것이라면 무엇이든 좋다. 책 완독하기도 좋고, 맛집 대기표 받기도 좋다. 조금 더 긴 적립 기간을 감당할 수 있다면, 중장기적금 격인 '옆업'이 딱이다. 언젠가 다큐멘터리에서 핀란드 사람들이 "두번째로 좋아하는 걸 본업으로 삼는다"고 말하는 걸 들은 적이 있다. 가장 좋아하는 것은 옆업으로 남겨두는 것이다. 아무리 좋아하는 일인들 남이 시키는 일을 수행하다보면 애정이 식는 경우가 많다. 생계가 좌우되는 일이다보니 실패가 남기는 타격도 크다.

이에 비해 옆업의 세계는 평화롭다. 적당한 애정, 적당한 열정, 적당한 수고를 들이면 적당하고 확실한 행복을 얻을 수 있다. 무엇보다도 투자비 회수의 주기가 빨라서 늘 행복에 젖어 있도록 빠른 공급이 가능하다. 단점은 앞서 말했듯, 좀 빠듯해진다. 시간을 더 쪼개서 효율적으로 써야 하고, 몇 가지 편안함은 포기해야 한다. '게으름'이란 단어와는 영원히 이별해야 할 수도 있다. 그래. 바쁜 건 좋은 거다. 무엇을 하느라 바빠야 하는지는 말씀 안 하셨기에, 적어도 나는 바쁜 게 좋다는 부모님의 조언은 따른 셈이다.

놀랍게도 나는 아직도 부모님에게 나의 이색취미(들)에 대해 알리지 않았다. 어떻게 고백할지 오랫동안 고민해왔지만, 딱히 이상적인 시점과 방식을 찾지 못했다. 이제 마치 권좌에서 물러난 정치인처럼 책을 통해 부모님에게 고백하는 상황이 되어버렸다. 부모님에게는 책장을 넘기는 한 쪽, 한 쪽이 충격의 연속이실 것이다. 나는 아마도 '등짝 스매싱' 타이밍을 기다리고 있다가 계절에 안 맞는 두툼한 패딩을 입은 채 능청스럽게 웃으며 나타나서 두 분의 스매싱 사정거리에 등을 들이밀겠지.

"어때요? 딸 씩씩하고 튼튼하게 잘 컸죠? 헤헤헤."

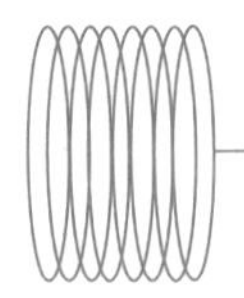

근육형 할머니로 나이들기

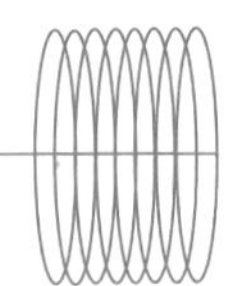

무더운 여름날, 민소매 차림으로 교회의 작은 구멍가게에 들어갔는데 진열대 끝에서 집요한 눈길이 느껴졌다. 고개를 돌려보는 순간 갑자기 주름진 마른 손 하나가 쑥 뻗어 내 팔뚝을 매만진다.

"헬스 혀?"

할머님이 던지시는 질문에 당황해 잠시 머뭇거리는데 뒤이어 들려오는 말.

"멋져부러!"

순간 마치 『이상한 나라의 앨리스』처럼 엉뚱한 차원의 세계로 잘못 들어온 듯했다. 언제 이렇게 세상이 달라졌나? 아닌 게 아니라, 정말 공기 중에 변화의 바람이 느껴진다. 일부이긴 하지만 미디어에서 힘센 여자를 찬양하기도 하고, 허벅지나 팔 사이즈가 큰 것을 매력으로 표현하기도 한다. 이것은 미디어의 영향일까, 아니면 대중이 미디어를 바꾼 걸까?

나는 역도, 체조, 유산소 운동이 종합된 크로스핏에 입문 후, 빠르게 실력이 발전하는 것이 신이 나기도 했지만, 근육형으로 변해가는 나의 체형을 보면서 큰 고민에 빠졌었다. 내가 이렇게 근육이 잘 생성되는 유전자를 가진 줄 몰랐었다. 하지만 허벅지와 이두 둘레가 몇 cm 늘어났다고 그만두기엔 근력 운동이 너무 재미있었다. 체중계 숫자나 허리 사이즈에 연연하지 않고, 나의 퍼포먼스 발전에 집중하는 건 정말 건강한 경험이었다. 그러나 반대 세력도 만만치 않았다. 주변에서도 내 체형의 변화에 대해 언급하기 시작했다.

"대체 무슨 운동을 하길래……" 류의 질문에 설명해야 했고, "이런 몸으로 어떻게 시집가려고!" 류의 등짝 때리기에 일일이 대처하는 건 보통 귀찮은 일이 아니었다. 결국 나는 운동에 대한 나의 진심을 알아줄 것 같을 사람에게만 슬며시 말하기에 이르렀다. 그리고 일상 속에서 나의 정체를 숨기는 요령을 터득했다. 손바닥의 굳은살은 늘 깨끗이 정리했고, 상의는 여름에도 늘 이두근을 덮는 기장으로 입었다.

체육관에서 겪은 섭섭한 일도 있었다. 이 년 넘게 다녔던 체육관의 대표가 여성 회원들에게 "웬만해서는 절대 저렇게 울룩불룩한 몸이 되지 않으니 걱정 마라"는 예로 나를 활용한 일을 알게 되었다. 앞에서는 훈련을 응원받았지만, 뒤에서는 마케팅의 걸림돌로 여겨진 것이었다. 나는 도저히 더이상 그 체육관을 나닐 수가 없었다. 1kg이라도 더 들어올리기 위해 노력한 나의 열정을 부정당하는 곳에는 10원도 쓰기 싫었다.

결국 운동 지도자는 근육질 여성을 이해할 것이라는 생각도 편견이었고, 시골 할머니는 근육질 여성을 못마땅해할 거라는 것도 편견이었다. 다시 한번 구멍가게에서 마주쳤던 할머니께 새삼 존경심을 느낀다. 나이들수록 변화는 늘 두렵고 받아들이기 싫은 것일 텐데, 그런 열린 생각을 어떻게 가지게 되셨을까? 50세가 넘으니 "어떻게 늙을 것인가"에 대한 고민은 중요한 과제가 됐다.

내가 앞으로 근육형 할머니로 당당하게 늙어가려면 노력이 필요하다. 남자든, 여자든, 어린 사람이든, 나이든 사람이든, 열심히 운동한 결과로 인해 주눅들지 않을 권리가 있다. 타당하지 않은 주장은 뻔뻔함이지만, 이유 있는 주장은 당당함이다.

나의 과제는, 근육이 많은 몸도 매력적으로 느껴지도록 인식시키는 것이다. 이것을 위해 무엇보다도 내 자신이 매력적인 사람이 되기 위해 노력할 것이다. 그럼 대중의 생각도 그 할머니처럼 조금씩 열리겠지.

또다시 한여름. 민소매 차림으로 엘리베이터를 타고 있는데 다섯 살 정도 된 아이와 엄마가 탔다. 짧은 순간이었지만 젊은 엄마는 나의 팔근육을 보고 놀란 듯했다. 보지 않은 척하며 어색한 기류가 지속되는데, 궁금증을 참지 못한 아이가 갑자기 손을 뻗어 나의 이두를 만져본다. 나와 눈이 마주치자 배시시 웃는 아이에게 말했다.

"신기하지? 아줌마 운동해! 호호호."

가라, 아이야. 전령이 되어 널리 소식을 전파해라. 대한민국에 근육형 할머니의 시대가 왔음을.

네, 이런 운동 하면 허벅지 굵어지는 것 알고 있습니다

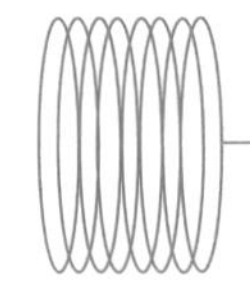
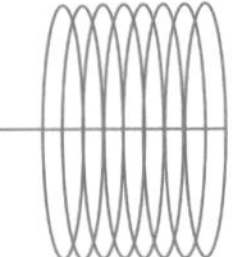

사람들의 목표와 이상향은 대부분 비슷하게 세팅되어 있다. 이를테면 더 많은 돈, 더 높은 위치, 더 예쁜 얼굴, 그리고 더 날씬한 몸 등. 모두가 같은 한 방향을 향해 달려가는데 누군가 다른 방향으로 가고 있으면 그게 그렇게 안타깝고 신경이 쓰이는 모양이다. 그래서인지, 나는 운동하면서 걱정어린 코멘트를 많이 듣는다.

"남자들은 이런 몸 안 좋아하는 것 알고 있어요?"

"그런 운동 하면 허벅지 굵어지는 것 알고 있어요?"

더 가늘게, 더 가볍게, 그리고 과학으로 해결 안 되는 것은 의학으로. 나는 그 방향으로 가는 길이 어떻게 생겼는지 너무 잘 안다. 돈도 쓸 만큼 써봤고, 젠장, 의학의 힘도 빌려봤다. 신은 인간들이 서로 다른 재능과 체형을 가지도록 설계했고, 그 계획서상 내가 가늘고 가볍도록 설계된 인간이 아니라는 건 분명했다. 대체 신은 나한테 뭘 준 거지? 대신 준 게 있을 거 아냐? 그걸 찾기 전엔 나는 그저 열등한 DNA를 가진 한 인간 종자일 뿐이다.

간절한 상태는 사람을 '정보 약자'로 만든다. 솔깃한 제안 앞에서 굳건한 이성도 무너지고, 헛된 것에 희망을 품는다. 나도 한때 "근육이 싫으면 탄수화물만 먹으면 된다"는 이론에 따라 쌀밥만 섭취하는 무식한 다이어트를 한 적도 있었다. 한의원에서 향정신성 성분이 들어 있는 다이어트 약을 지어다가 먹고 거짓 감정에 해롱거린 적도 있었다.

다수가 선택하는 방향과 다른 곳을 바라보니 해답이 있었다. 남들이 동쪽으로 가는데 혼자 정반대인 서쪽으로 향하는 식의 극단적인 방향 설정도 필요 없다. 혼자 외계인 꼴뚜기 같은 복장을 하고 거리에 나가서 아름답지 않느냐고 소리지르라는 것이 아니다. 아주 조금만 각도를 틀라는 것이다. 인류 보편적 아름다움에서 아주 조금만 벗어나도 나락으로 떨어질 것 같은 그 불안감을 버리라는 것이다.

정 불안하면 나와 비슷한 철학을 추구하는 사람들과 교류하면 된다. 물론 정보의 '필터 버블filter bubble'에 고립돼서 '다름'을 인정하지 않게 될 위험성도 있다. 하지만, 주류에 휩쓸려서 내가 원하는 행복이 뭔지도 모르고 떠내려가는 삶보다는 낫다.

나는 이 방향이 행복으로 가는 길인 것을 알고 있다. 그들이 모를 뿐이다. 다음에 또다시 그런 질문을 받는다면, 물어본 문장 그대로 또박또박 대답해주면 된다.

네, 남자들은 이런 몸 안 좋아하는 것 알고 있습니다.
네, 이런 운동 하면 허벅지 굵어지는 것 알고 있습니다.
아니요, 이 길로 가도 행복해지는 것 알고 있습니다.

CROSSFIT
THE PEOPLE

©Christopher Wadsworth